사실 —— 내성적인 사람입니다

사실 내성적인 사람입니다

남인숙 공감 에세이

21세기북스

프롤로그

내성적이라는 고백

"나 내성적인 사람이야."

이렇게 말하는 나를 친구가 빤히 바라봤다. 잠깐의 정적 끝에 그는 이렇게 말했다.

"어디 가서 그런 말 하지 마."

내가 내성적인 사람이라는 고백이 그에게는 어이없는 일인 듯했다. 그럴 만도 한 게 나는 사람들이 모인 곳에서 침묵을 지키고 있거나 낯을 가리지는 않는다. 수백 명의 청중 앞에서 강의를 하고, 방

송국 카메라 앞에서 조잘조잘 말도 잘한다. 하지만 그렇다고 해서 나를 외향적인 사람이라고 생각하는 건 오해다. 내성적인 성격이라는 건 그런 의미가 아니다. 사람이 갖고 있는 내외향적 성향이란 자신을 바깥으로 표현하고 못 하고로 나뉘는 것이 아니다.

내성적인 사람은 물리적, 감정적으로 예민한 사람이다. 그래서 바깥세상의 사소한 변수조차 자극이 된다. 잠깐의 외출, 가벼운 상호작용만으로도 피곤해진다. 이를테면 와이파이나 블루투스 기능이 켜져 있는 휴대폰과 같다. 굳이 연결하지 않아도 되는 온갖 전파까지 다 감지해 감응하다가 배터리가 금세 방전되어버리는 것이다. 그래서 그런 이들은 보다 많은 충전 시간이 필요하다. 때로는 내향인이어도 나처럼 선택적으로 방전이 잘되는 삶의 태도를 선택할 수 있다. 그게 가치 있는 일이라고 생각하기에 사람들과 어울리고, 새로운 경험을 거부하지 않는다. 그러나 이건 어디까지나 부분적인 일탈일 뿐 내 본성과는 거리가 멀다. 세상과 상호작용하는 시간도 충분히 즐겁지만 가장 좋은 것은 역시 혼자 있는 시간이다.

내성적인 사람으로서 사회화가 되기 전의 나는 내가 열등한 인간이라고 생각했다. 사람들과 쉽게 어울리지 못하고 관계의 중심에서 늘 밀려나는 스스로가 한심했고 앞으로의 삶이 걱정스러웠다. 그런데 그런 나를 받아들이고 조금씩 용기를 내어 타고난 본성 밖으로 한 걸음씩 발을 내디뎌보면서 그런대로 잘 살 수 있게 되었다.

세상 속에서 삶을 이어나가야 하는데도 능숙하게 손을 내밀지 못하는 성향이 좀 불편했던 건 사실이다. 솔직히 지금도 다시 태어난다면 외향적인 성격을 갖고 싶은 마음이 있다. 하지만 내향인에게도 자신이 원하는 곳으로 닿기에 유리한 강점들이 있다.

우리 삶의 가장 큰 의미가 행복이라면 결과 면에서 내향인이 그리 손해일 것도 없다. 내향인이 일굴 수 있는 행복은 좀 더 깊고 내밀하다. 내외향이 우열의 문제가 아니라는 걸 이해하고 자신을 옳게 바라보는 일이 그런 행복을 가능하게 한다.

당신이 내향인이라면 지금부터 내가 할 이야기 중 어떤 부분에는 공감이 갈 테지만, 그렇지 않은 부분도 있을 것이다. 내향인들은 아주 다양한 얼굴을 하고 있다. 그러나 나와 남들이 미처 이해하지 못했던 것들을 새로 아는 경험은 스스로를 머저리라고 여기는 이들의 삶을 완전히 다른 빛깔로 바꿔주리라는 것만큼은 분명하다. 내성적인 사람들이 타고난 바탕 위에서 좀 더 자유롭고 행복해졌으면 좋겠다.

차례

Chapter 2

×

삐- 사회성 모드로 전환 중

Chapter 3
× 있는 그대로의 나를 있는 그대로

Chapter 1

×

내성적인 사람으로 산다는 것

나는 내향인일까, 외향인일까?

내가 내성적인 성격에 대해 쓰고 있다는 이야기를 하면 사람들은 대부분 가장 먼저 이렇게 말한다.

"나도 내성적인 사람인데!"

한국인의 팔 할이 내성향이라는 말이 있을 정도니 어찌 보면 당연하기도 하다. 그러나 아무리 봐도 외향인인 사람조차 이렇게 말한다.

사람들은 여럿이 모인 자리에서 존재감을 드러내며 농담을 하거나 SNS에 과감한 '셀카'를 올리며 관심을 끄는 이들만을 외향인이라고 생각한다. 하지만 그렇게 눈에 띄는 행동을 하지 않아도 외향인인 경우가 많고, 그런 행동을 하는데 내향인인 경우도 제법 있다.

기본적으로 인간은 많은 사람 앞에서 긴장과 두려움을 느끼게 되어 있다. 그런데 그

것에 익숙해진 이들이 능숙하게 처신하는 모습을 본 사람들은 자신이 내성적이어서 그만큼 의연하지 못하다고 착각한다. 남 앞에 잘 나서는 사람들은 무조건 성격이 외향적이기보다는 남 앞에서만 발휘될 수 있는 재능을 가져서 자기 성격을 그에 맞춘 사람들이라고 보는 편이 더 맞다.

내 지인 중에는 언어 감각이 좋아서 한마디씩 말을 던질 때마다 그 자리를 웃음으로 초토화하는 사람이 있다. 그러다 보니 자꾸 사람들의 주목을 받고 그 기대에 부응해 사람들을 나서서 웃기는 게 습관이 되어 있었다. 그러나 그는 실제로는 성격이 너무 내성적이어서 웬만해서는 사람 많은 자리를 피하고, 여가 시간에 혼자 보내고 싶어 한다. 대중 앞에 서는 일이 직업인 연예인 중에도 이런 사람이 부지기수다. 공개적인 활동을 하는 게 외향성의 척도는 아니라는 말이다.

전에 인터넷에서 발견한 내외향성 검사를 체크해봤더니 내가 무려 '중간 정도의 외향인'으로 나왔다. 그도 그럴 것이 '사람들을 만나는 것이 좋은가? 사람들 앞에서 말을 잘하는 편인가?'처럼 자기표현 여부에 관한 문항이 대부분이었다. 뭐 이런 검사가 다 있나

하고 자세히 살펴봤더니 그 검사지는 고등학생 이하에게만 유효한 것이었다. 같은 검사인데도 14세 이하에게만 권장한다는 곳도 있었다.

그러니까 달리 말하자면 아직 사회화되지 않은 아이들의 기질만이 자기표현으로 측정되는 것이다. 내향성과 외향성은 '표현'이 아니라 '기질'의 문제로 볼 때 사람을 이해하는 도구가 될 수 있다.

여기서 힌트를 하나 보태면 자기 성향이 어느 쪽인지 알 수 없을 때는 초등학교 시절의 모습이 어땠는지 떠올려보면 된다. 어린 시절에는 태어난 기질대로 살다가 사회화를 거치면서 우리는 그럭저럭 비슷한 모습의 사회인이 된다.

내향인과 외향인은 도파민 수용체에 차이가 있다고 한다. 도파민은 행복, 쾌락, 흥분과 관계된 호르몬인데 새로운 경험이나 자극에 의해 분비된다. 외향인은 도파민이 선사하는 신경적 흥분에 보다 둔감한 사람이다. 그래서 도파민 분비를 부르는 외부 자극에 스트레스를 받지 않는다. 오히려 자극 없이 지루한 환경을 고통스러워한다.

반면 나 같은 내향인은 이완된 상태에서 즐거움을 느끼게 해주는 호르몬인 아세틸콜린의 분비에 더 행복감을 느낀다. 그래서 사람이나 새로운 자극, 경험보다는 혼자 있는 시간이 더 좋은 것이다. 이들에게 쉰다는 것은 친구들과 맥주를 마시며 수다를 떠는 것이 아니라, 내 집 거실 소파에 퍼져서 TV나 스마트폰을 들여다보는 것을 뜻한다.

이런 성향은 타고나는 것이고, 훈련에 의해 바뀌는 게 아니다.

외부 자극을 수용하는 태도에 따라 내외향성을 나눈다고는 하지만, 사실 어느 기질이나 그렇듯 뚜렷하게 양분되는 것은 아니다. 누군가는 양극단에 가까운 기질을 갖고 있고, 또 누군가는 어느 쪽이라기에도 애매한 구분선 위에 있을지도 모른다. 내가 내향인인지 외향인인지 도무지 알 수 없다면 중간 지점에 있는 사람일 수도 있다. 사람이라는 존재가 다양하듯 우리 기질에도 다양한 스펙트럼이 존재한다.

나는 숫기 없는 성격을 고쳐야 한다면서 부모님에게 혼났던 어린 시절이 좀 억울하다. 또한 타고난 기질을 교정 대상으로 보는 시각이 여전한 현실이 안타깝다. 내외향성을 '표현'으로 측정하는 검사가 청소년기까지만 유효하다는 사실은 그 이후부터는 내향인도 필요한 만큼 사회성을 갖게 된다는 의미다. 자기 기질에 맞게 저마다 성장점을 찾아가는 이들에게 굳이 한 가지 성향을 강요할 필요가 있을까.

중요한 점은 우리가 그 스펙트럼의 어디에 있는가보다 그 상태를 받아들이는 것이다.

나는 내향적인 사람일까?

○ 가장 기쁘거나 행복한 순간에 혼자 있어도 상관없다.

○ 여행 일정이 잡히면 좋으면서도 스트레스를 받는다.

○ 일주일 동안 외출 안 하고 사람을 안 만나도 심심하지 않을 자신이 있다.

○ 외근을 나갔다가 두어 시간 비면 근처에 있는 지인을 불러내는 것보다 혼자 커피숍에서 쉬는 게 좋다.

○ 실연이나 배신 같은 일로 크게 상심한 직후에는 혼자 있고 싶다.

○ 사람이 많이 모이는 모임은 피곤하다. 일대일 만남이 좋다.

○ 대화할 때 상대의 말이 재미있다면 듣기만 하는 것도 좋다. 굳이 내가 말할 필요를 못 느낀다.

○ 내가 한 말을 후회할 때가 많고, 그걸 오래 기억한다.

○ 내 방에서 혼자 있는 시간이 가장 행복하다.

○ 상대의 어쩔 수 없는 사정으로 약속이 취소되면 불쾌하기는커녕 오히려 기분이 좋아진다. 그렇다고 만남이 싫은 건 아니다. 막상 만나면 즐거운 시간을 보낸다.

○ 긴장성 두통에 시달릴 때가 많다.

○ 일을 벌이는 게 싫다. 그러나 일단 벌인 일을 마무리하지 못하면 스스로 스트레스를 받는다.

- 10개 이상에 해당되면 전형적인 내향인
- 7~9개에 해당되면 내향인 성향
- 4~6개에 해당되면 중간 성향
- 3개 이하에 해당되면 외향인 성향

내가 과묵하다고요?

여럿이 모인 자리에서 약속을 정하다 내가 강의 일정이 있다는 말을 하게 된 적이 있다. 그러자 거기에 있던 지인 한 사람이 세상 해괴하다는 표정을 지었다.

"네가 강의도 해?"

굳이 부연하지 않아도 그 말속에 어떤 말들이 포함되어 있는지 알 것 같았다.

사석에서도 말주변이 없는 네가 많은 사람 앞에서 강의를 한다고? 그게 가능하기나 해?

대략 이런 말을 덧붙이고 싶었을 것이다. 그 말을 듣고 나는 그가 의문을 품을 법도 하다고 생각했다. 그는 내 분류에 따르면 '말하기를 좋아하는 사람'이었기 때문이다.

나는 사람들과 만나 대화를 할 때 상대가 어떤 사람이냐에 따라 말의 양을 달리한다. 내 말을 듣고 싶어 하는 사람을 만나면 말

을 많이 하고, 자기 말을 하고 싶어 하는 사람과 마주 앉으면 되도록 입을 다문다.

말하기를 좋아하는 사람들은 내가 말을 해도 어차피 제대로 듣지 않기 때문에 말할 가치를 못 느끼기도 하지만, 그들을 상대로 말을 하는 것 자체가 힘들다. 타인의 말을 흡수하기보다는 자신이 무슨 말을 할까에만 관심 있는 그들에게 내 이야기를 하는 것은 꽉 찬 자루에 억지로 물건을 욱여넣는 것 같은 기분이 들게 하는 일이다. 한마디 한마디를 건네는 것이 고역이다. 이런 사람들을 만나면 나는 그들에게 질문을 던져 말을 하게 하거나, 그들이 내게 하는 질문에 대답만 한다. 환영받지도 못할 말을 꾸역꾸역 하지도, 한없이 이어지는 말허리를 자르지도 않는다. 그래야 두 사람 다 그 만남에 만족할 수 있다. 이런 경우, 그 사람이 하는 말들이 들을 가치가 있는 것이어야 관계가 유지된다.

내가 강의를 한다는 말에 놀란 지인은 이 부류에 속하는 사람이었다. 그는 만나면 말이 별로 없는 나를 언제부터인지 자연스럽게 '대화는 잘되지만 말을 잘 못하는 사람'으로 입력해놓은 것이다.

대개는 내성적인 이들이 말하기를 싫어한다고 생각하지만 성격이 어떻건 말하는 것 자체를 싫어하는 사람은 없다. 사람이라면 누구나 속말을 꺼내놓거나, 자신의 정보나 의견을 공유하고 싶어 하는 욕구가 있다. 다만 내성적인 사람들은 자기 말을 듣는 상대의 반응에 좀 더 예민하다. 그들은 자기 말에 대한 시답지 않은 반응에 아무렇지도 않을 자신이 없다. 누가 상대의 반응에 무감할 수 있겠냐고?

오늘 저녁에라도 술집에 들러 옆 테이블에서 나누는 대화에 한번 귀 기울여보라. 술기운이 올라 말문이 트인 사람들은 상대가 듣건 말건 동시에 각자 딴 이야기를 하고 있는 경우가 많다. 특히 평소 사람들과의 대화가 많지 않은 중년 이상 남성들끼리의 술자리라면, 대화를 가장한 독백들이 끝없이 허공에서 뒤엉키는 현장을 목격할 수 있을 것이다. 맨정신에도 상대와 관계없이 자기 말만 할 수 있는 사람은 차고 넘친다.

내성적인 이들은 상대의 반응에 스트레스를 받기 때문에 그걸 감수하면서까지 말하고 싶은 욕구를 발산할 마음이 내키지 않는 것이다. 그래서 만족스러운 반응이 예상되는 익숙한 상대에게만 제대로 입을 연다. 이런 이들이 편한 상대를 만나 말문이 트이는 것을 보고 주변에서 깜짝 놀라는 상황을 자주 목격하는데 당연한 일이다. 내성적인 사람은 사실 선택적인 수다쟁이다. 내가 글을 쓰게 된 것도 어쩌면 최대한 피곤하지 않은 수다의 한 형태이기 때문이었는지 모른다.

때로는 반응에 안심이 되어 엄청난 양의 말을 늘어놓다가 어느 순간 상대에게서 조금이라도 부정적인 신호를 감지하면 정신을 차리고 후회를 하곤 한다.

왜 내가 그런 쓸데없는 말까지 했지? 너무 내 이야기만 했나? 나를 얼마나 이상한 사람으로 봤을까?

그 감정은 한동안 지하철을 멍하니 타고 있을 때, 침대에서 잠들기 전에 수시로 고개를 쳐들어 스스로를 괴롭힌다. 그중 그 이야기는 하지 말 걸 싶은 내용은 계속 머릿속에서 재생된다(고백하자면 지금도 내 머릿속에는 그렇게 재생되는 내용이 있다). 어떤 때는 후유증이 며칠씩 가기도 한다. 이러니 무슨 말을 해도 괜찮을 사람들 앞이 아니면 말을 아끼게 되는 것이다.

끊임없이 상대의 반응을 살피며 말하느라 지치고 혼자 있을 때까지 잔상에 시달리게 하는 불편한 수다는 내성적인 이들에게는 손해다. 그러니 사람 만나는 일을 자연 피하게 된다. 나는 불편한 일에 억지로 끌려다니지 않고 피하는 것도 성숙한 태도라고 생각한다. 하지만 타고난 성향에 안주해 편한 일상만 고집하다 보면 거꾸로 정말 편안한 삶의 여건들을 놓치게 되는 것 같다.

생각해보면 내가 안심하고 수다를 떨 수 있는 관계들은 애초 불편한 관계에서부터 시작됐던 것 같다. 약간의 불편함을 감당하며 발견해낸 관계들이 지금은 내 조용한 삶에 살 만한 이유들을 확인시켜주고 있는 것이다. 그런 모험이 싫어 기존의 편안한 관계에만 기대면 더 쉽게 실망하고, 그 관계를 잃었을 때 고립되고 만다. 아무리 내성적인 사람에게라도 고립은 좋지 않다.

나는 오랜 시간에 걸쳐 조금씩 내 빈한한 에너지를 투자해 편한 관계를 맺은 여러 갈래의 친구들이 있다. 아주 가끔 그들을 만나 주책없이 털어대는 말잔치는 이후에 다시 한참 이어질 혼자만의 침묵의 시간을 더 값지게 만들어준다. 수다와 침묵 사이에서 균형을 잡는 것. 이건 앞으로도 내가 내성적인 사람으로서 그런대로 살아가기 위해 포기하지 않을 미덕이다.

내성적인 사람이 편한 상대를 만나 말문이 트이는 것을 보고 주변에서 깜짝 놀라는 상황을 자주 목격하는데 당연한 일이다. 내성적인 사람은 사실 선택적인 수다쟁이다. 만족스러운 반응이 예상되는 익숙한 상대에게만 제대로 입을 연다.

일로 사람들을 만나보면 대충 느낌이 올 때가 있다.
저 사람은 원래 내성적인 사람인데 지금 외향인 모드로 활동하고 있구나.
애쓰고 있구나.

내향인은 남과 최소한의 상호작용만 하는 것을 편안해하지만, 제아무리 극단적인 내향인이라도 그런 식으로만 살 수는 없다. 우리가 생업을 '사회생활'이라는 말과 자주 겹쳐서 쓰는 것만 봐도 알 수 있는 일이다. 알고 보면 먹고살기 위해 버는 돈의 상당 부분이 남과 잘 어울리는 데 따른 대가인 경우가 많다.

설사 마음껏 내성적으로 살 수 있다고 해도 그게 꼭 좋은 일만은 아니다. 내가 취할 수 있는 가장 편안한 자세가 침대에 누워 있는

건데, 어쩌다 몸이라도 아파서 침대에 붙어 있으면 맨정신으로 몇 시간 누워 있는 일도 어렵다는 걸 알게 된다. 허리가 아프고 온몸이 결린다. 살아 있는 동물이라면 단일한 상태로 오래 있는다는 게 정말로 편할 수는 없는 일이다. 또, 느낌이라는 건 언제나 상대적이어서 널 편안한 상태로도 있어봐야 편한 게 편하다는 것도 알게 된다.

마냥 안으로만 파고들어 살 수 없는 결정적 이유는 우리 인간이 대표적인 집단생활 동물이라는 것이다. 진화심리학자들은 인간이 엄청난 열량을 잡아먹는 뇌를 이렇게까지 발달시킨 게 고도의 사회생활 때문이라고 설명한다. 사실 자연에서 혼자 살아남으려면 미적분을 풀 수 있는 지능보다는 이빨이나 근력 같은 게 더 유용하니 말이다. 그래서 우리 모두의 DNA 안에는 '관계' 속에서 행복감을 느끼는 설계 구조가 들어 있다. 그 때문에 아무리 혼자 있는 게 좋고, 원래부터 친했던 소수와만 지내는 게 편하다 해도 어느 정도는 본성 밖으로 발을 내딛어야 한다.

사람들에게 삶이 가치 있다고 느끼게 해주는 것들이 대체로 이 영역 안에 있다.

지독하게 내성적인 나는 몇몇 상황에서 의식 속의 버튼을 누른다. 나는 그걸 '사회성 버튼'이라고 부른다. 상대가 나보다 더 내성적이라든가, 내가 대화를 이끌어야 할 상황이라든가, 공개적인 자리에 나섰을 때라든가. 그 밖에도 외향적이어야 할 상황은 많다. 상대의 본성이 어떻든지 외향적인 태도가 그 사람을 편안하게 해줄 확률이 높아서다. 사람들과 어울리면 외향성은 본성의 표현이 아니라 상대를 향한 예의와 배려가 된다.

일단 버튼이 눌려지면 나는 다른 사람이 된다. 달리 긴장감을 느끼지도 않고, 억지로 웃지도 않으며, 대화도 자연스럽게 끊이지 않고 이어간다. 어릴 때는 절대 못 하던 일(낯선 사람에게 먼저 말을 건다든지, 어색한 사람에게 먼저 연락한다든지)도 이 상태에서는 얼마든지 가능하다.

나뿐만 아니라 대부분의 내향인이 필요한 상황에서 이 버튼을 누른다. 어떤 사람은 이 버튼이 어찌나 작동을 잘하는지 주변 사람 모두가 그를 외향인이라고 착각하기도 한다. 나 같은 사람이야 주변에 누군가가 있어도 상황에 따라 해제 모드일 때도 있지만, 그런 이들은 온전히 혼자가 되어서야 비로소 버튼을 끄고 본연의 모습으로 돌아간다.

바깥세상에서 '외향성 ON' 상태로 있다가 집에 돌아와 버튼을 해제한 나는 녹초가 되고 만다. 그날이 좋은 사람들과 함께한 좋은 시간이었다고 해도 그렇다. 아니 즐거울수록 더한 것도 같다. 나는 종종 나 자신이 무선 청소기의 '2배 출력' 버튼을 누르고 있는 상태 같다고 느끼기도 한다. 기세 좋게 모터를 돌려대지만 두 배로 빨리 방전되고 만다. 이런 날에는 집에서 가족과 거의 대화도 나누지 않고 죽은 듯이 누워 쉰다. 혼자 일만 한 날에는 오후에 다른 작업도 할 수 있는데 사람을 만난 날에는 지쳐서 더 이상 본업을 하지 못하는 걸 보면 사회성 버튼 ON 상태의 에너지 소모가 훨씬 큰 것 같기는 하다.

그래서일까. 나는 직장인들의 잦은 회식이나 퇴근 후 업무 연락 같은 일들이 일종의 폭력이라고 느껴진다. 이게 다 사회성 버튼에 과부하를 일으키는 일이기 때문이다.

전에는 사회성 버튼에 불이 들어와 있는 내향인들이 눈에 띌 때마다 안쓰러웠는데, 지금은 저 버튼이라도 자유자재로 켜고 끌 수 있게 된 것을 축하하고 싶어질 때가 더 많다. 그건 수없이 본성을 거스르는 용기를 내고서 얻은 트로피다.

돌이켜보면 내가 살면서 얻은 좋은 것은 대부분 사회성 버튼을 켠 상태에서 얻은 것이었다. OFF 상태에서 떠올리고 숙성시킨 생각들은 ON 상태에서야 발을 달고 세상에 나왔다. 어른이 되어 이 버튼을 쥐게 되었다는 것은 좋은 일이다. 다만 그들이 너무 많이 자신에게서 벗어나지 않아도 되기를 바랄 뿐이다.

지독한 내향인인 내 지인은 여럿이 모인 자리에서 더할 나위 없이 잘 어울리다가도 중간에 기운이 떨어진다 싶으면 망설임 없이 그 자리를 빠져나온다.

"재는 끝까지 남는 법이 없더라."

이런 핀잔을 듣기는 하지만 아랑곳하지 않는다. 나는 이것도 자신을 보호하는 방법 중 하나라고 생각한다. 나도 좀 배워야 한다.

종종 방전되는 줄도 모르고 미련하게 자리를 지키곤 하는 건 내가 사회성 버튼을 켜고 있다는 걸 사람들에게 들키고 싶지 않기 때문이다. 부끄럽다기보다는 그들이 나와 함께하는 데에 부담을 느낄까 봐 두렵다. 입장을 바꿔 생각해봐도 나와 함께 시간을 보낸 사람이 집에 돌아가 끙끙 앓는다는 걸 알게 되면 마음이 편하지 않을 것 같다.

이 글을 내 지인들이 읽게 된다면 그들이 내 연락을 피해버리기 전에 이런 말을 해주고 싶다. 그걸 감수할 만한 가치가 있으니 당신을 만나는 거라고.

조용한 외향인, 시끄러운 내향인

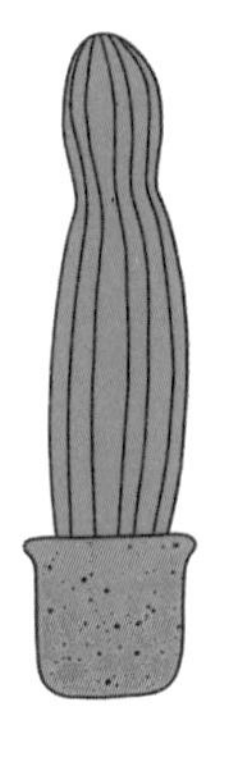

삶의 모퉁이를 돌 때마다 선택의 기로를 만난다. 작게는 명절 연휴에 여행을 갈까 말까 하는 것부터 크게는 직업을 바꿀까 말까, 저 사람과 결혼을 할까 말까 하는 것까지.

내가 어떤 성향의 사람인지 안다는 것은 그런 선택의 순간에 중요한 참고 사항이 하나 생긴다는 뜻이다. 나는 글 쓰는 일을 하고 싶다는 생각에서 시나리오작가로 일하기 시작했지만, 점차 팀으로 작업하기보다는 혼자 일하는 게 적성에 맞는다는 걸 깨달았다. 혼자 일하는 즐거움은 내가 쓴 글을 배우와 감독이 시각적으로 구현하는 것을 보는 황홀함과 맞바꿀 만했다.

언젠가부터 눈앞에 인생 숙제가 떨어질 때마다 내가 감당할 수 있는가를 가늠한 다음 결정하게 되었다. 내향인인 나는 한정된 에너지를 한정된 일에 배분할 수밖에 없다는 걸 안다.

그런데 어떤 이들은 단지 많은 사람 앞에서 말하기를 싫어하거나 낯선 사람들과 대화하기를 싫어한다고 해서 자신을 내성적인 사람이라고 생각한다. 외향인도 성향이 다양해서 무조건 전형적인 외향적 특성이 드러나는 것은 아니다. 외향성 표출이 손해라는 걸 느끼고 조심스러운 태도가 몸에 뱄거나 체력이 나빠서 움츠러드는 걸 본인이 내성적이라고 착각한 채 사는 외향인도 있다.

대중 앞에서의 태도는 의외로 내외향성과 크게 상관이 없어 보인다. 무대 위에서 세상 무서울 것 없이 대담한 예능인들이 사람들을 직접 대할 때는 말도 못 하게 내성적인 모습을 보이는 경우는 너무나 많아서 거론조차 어려울 정도다. 오히려 내향성에서 발현되고 깊어지기 마련인 예술성을 가진 아티스트들이 어쩔 수 없이 사회성 버튼을 누른 채 무대 위에 올라간다고 보는 게 맞을 것 같다.

밝고 시끄러운 사람은 외향적인 사람, 어둡고 조용한 사람은 내성적인 사람이라는 인식도 오해다. 태도와 습관에 따른 표현 방식은 사람들이 환경이나 필요에 따라서 선택하는 것이라고 보는 편이 더 나을 듯하다. 낯가림이 전혀 없고 새로운 사람 만나기를 좋아하면서도 항상 차분하고 조용한 사람이 있는가 하면, 혼자 있는 걸 좋아하는 사색가인데 사람들만 만나면 가장 시끄럽고 사교적인 사람도 있다.

때로는 위계나 권력에 의지해 한 사람이 자기 성향을 불편함 없이 드러낼 수 있구나 하고 느낄 때도 있다. 여러 명이 모인 곳에서 가장 서열이 높고 거칠 것이 없는 사람은 내성적이면 내성적인 대로, 외향적이면 외향적인 대로 자신이 편하다고 느끼는 태도를 포장 없이 드러낸다. 사회성 없다는 인상을 줄까 봐 진땀을 흘리며 한마디라도 거들기 위해 입을 열 필요도 없고, 나댄다고 미움받을 일이 걱정되어 하고 싶은 말을 참을 이유도 없는 것이다.

우리 성향이라는 건 점층적인 색상표 위에 올려져 있는 것이라 정확한 경계가 없다. 같은 사람이 동시에 '비교적 사교적인 내향인'일 수도, '좀 소극적인 외향인'일 수도 있는 일이다. 또 성향이 표현되는 형태가 다양해서 한 가지 특질만으로 설명되지 않을 수도 있다.

내가 어떤 기질인가는 일반의 고정관념에 눈금자를 대고 잴 게 아니라 자기 마음에 물어봐야 할 일이다.

언젠가부터 눈앞에 인생 숙제가 떨어질 때마다 내가 감당할 수 있는가를 가늠한 다음 결정하게 되었다. 내향인인 나는 한정된 에너지를 한정된 일에 배분할 수밖에 없다는 걸 안다. 내가 어떤 성향의 사람인지 안다는 것은 그런 선택의 순간에 중요한 참고 사항이 하나 생긴다는 뜻이다.

나와는 딴판인 외향인들이 사는 걸 곁눈질하면 사는 게 참 쉬워 보였다. 그들은 어떤 사람과도 스스럼없이 어울리고, 새로운 환경에도 빨리 적응하며, 해야 할 일이 있으면 별생각 없이 해버렸다. 무슨 일에서건 우물쭈물하는 인간인 내가 스스로를 쥐어짜가며 하는 일을 그들은 숨 쉬듯이 하곤 했다.

행동을 통해 밖으로 드러내지 않는 가치는 쓸모없는 것이니만큼, 아무 저항 없이 관계와 일을 만들어가는 그들에게 기회가 많은 것은 자연스러운 일이었다. 나는 내 안의 고물 배터리가 방전될 때까지 사회성 버튼을 눌러놓고 버티는 게 고작이었다. 아무리 생각해도 세상 돌아가는 구조는 타고난 외향인들을 중심으로 설계되어 있는 게 틀림없어 보였다.

그러나 시간이 지나 그럭저럭 외향인을 흉

내 내며 사는 삶에 익숙해지자, 점차 전에는 보이지 않던 것들이 눈에 들어오기 시작했다.

이웃에 두세 돌쯤 된 귀여운 아기가 살았던 적이 있다. 예쁘기까지 한 아기가 낯선 사람을 잘 따르며 방글방글 웃으니 어디를 가나 사랑받았다. 아기는 옆집에 사는 나도 잘 따르고 제집보다 우리 집에서 노는 걸 더 좋아했다.

직계가족 아닌 어른과 마주치면 일단 울고 보는 딸을 겨우 유치원생으로 키워낸 직후라 나는 그런 아기가 신기하고 귀여웠다. 낯가림 심한 어린애가 미숙한 부모에게 안기기 마련인 당황스러움과 부끄러움에 익숙하던 나는 옆집 새댁이 참 부러웠다. 그런데 함께 지내노라니, 아기 엄마가 의외로 아기를 데리고 이웃을 대할 때마다 안절부절못하는 모습을 보게 되었다. 아기가 너무 외향적인 성격을 타고나서 타인의 영역을 함부로 침범할까 봐 염려스럽다는 것이었다.

알고 보니 아기 엄마도 타고난 외향인이었다. 몸가짐과 말투가 늘 조심스러워서 내향인 쪽일 거라고 나 혼자 지레짐작했는데 그게 아니었다. 그녀 역시 어릴 때부터 붙임성이 좋아서 부모에게 늘 타인의 경계 안으로 함부로 들어가서는 안 된다는 교육을 받았다고 했다. 그녀는 자라면서 자신이 받은 교육을 딸에게 그대로 물려주고 있었다.

나는 그녀가 아직 말문도 시원하게 트이지 않은 아기에게 하루에도 몇 번씩 이렇게 말하던 것을 기억한다.

"다른 사람이 원할 때만 말을 걸어야 하는 거야. 다른 사람이 원할 때만 가야 하는 거야. 다른 사람이 원할 때만……."

온통 내향인 유전자뿐인 인적 환경에서 살아온 나로서는 이색적인 훈육 장면이었다.

누군가가 오라고 잡아끌어도 가지 않는 게 인간의 기본값이 아니었던가. 저런 내용을 교육으로 교정해야 하는 인간형도 존재하는구나.

내향인과 외향인. 두 인간형의 사회화는 반대 방향으로 흐른다. 내향인의 사회화가 닫힌 문의 빗장을 여는 것이라면, 외향인의 사회화는 빗장을 닫는 과정을 통해 이루어진다.

외향인은 타인이 자신의 내적 영역으로 들어오는 것에 큰 부담을 느끼지 않기 때문에 남들이 필요 이상의 간섭으로 여기는 저지

선을 직감으로 인지하지 못하는 경향이 있다. 그래서 학습과 경험으로 그 선의 위치를 습득해놓지 않으면 오히려 무례한 사람이라는 인상을 주고 사회에서 배척당할 수 있다.

우리가 타인에게 말을 걸기 위해 다섯 번 용기를 낼 때 그들도 배려 없이 말을 걸게 되지나 않을까 다섯 번 참는 것이다. 사회화란 외향인은 내향인을, 내향인은 외향인을 닮아가는 과정을 뜻하는 것일지도 모르겠다. 그렇게 따지자면 사회에서 환영받는 태도를 몸에 들인다는 것은 어느 한쪽에 특별히 유리할 것도 없는 일일 것이다.

외향인의 삶이 내향인과 다름없이 만만치 않은 것은 성취 영역에서도 마찬가지다. 인식이 수렴보다는 발산의 형태로 이루어지는 외향인은 직관적으로 현상을 파악하는 능력이 상대적으로 부족하다. 게다가 대화하면서도 다른 사람의 말을 듣는 것을 힘들어한다. 그러다 보니 어떤 일을 경험하기 전에 미리 배우고 대비할 수 있는 힘이 적다. 실행할 수 있는 바탕이 있지만 성공률은 떨어진다는 의미다. 어쩔 수 없이 외향인은 더 많은 경험과 시도를 하고, 직관으로 알 수 없었던 성공 요인에 대한 나름의 데이터를 쌓아나가야 한다. 그 때문에 행동하지 않는 외향인은 같은 조건의 내향인보다 더 질이 낮은 삶을 살 가능성이 높다.

그래서일까. 외향인으로서 뭔가를 이루어낸 이들은 보통 사람이 흉내조차 낼 수 없을 정도의 실행력을 발휘하는 사람인 경우가 많다. 성공한 내향인들에게도 실행력은 기본 소양에 속하지만, 벌이는 일들의 양과 규모가 다르다.

인생길 톨게이트의 프리패스를 갖고 태어난 줄 알았던 외향인들이 그 프리패스 하나로만 온갖 고속도로를 달려야 하는 운명 또한 타고난 줄을 예전에는 몰랐다. 자세히 들여다보면 그들도 딱히 부러울 것 없이 나와 다를 바 없는 지구 위의 더부살이일 뿐이다.

어떤 경우에나 느끼는 거지만 누구에게도 만만한 삶이란 없다.

내향인이 타인에게 말을 걸기 위해 다섯 번 용기를 낼 때 외향인도 배려 없이 말을 걸게 되지나 않을까 다섯 번 참는다. 사회화란 외향인은 내향인을, 내향인은 외향인을 닮아가는 과정을 뜻하는 것일지도 모르겠다.

내향인은 모두 '아싸'일까?

언제부터인가 우리는 '인싸'와 '아싸' 두 종류의 인간 중 하나로 분류되고 있다. '인싸'는 '인사이더(insider)'의 줄임말로 무리나 조직에서 잘 어울리는 사람, '아싸'는 '아웃사이더(outsider)'의 줄임말로 그 반대의 의미다. 사회성이라는 말과 궁합이 잘 맞는 외향인은 자연스럽게 '인싸'로, 그러지 못한 내향인은 '아싸'와 동의어로 쓰이는 경우가 많다. 그리고 이런 점에서 내향인이 세상의 이등 시민으로 여겨지는 것을 보곤 한다.

그런데 좌표상 극단에 가까운 내향인인 내 삶을 살펴보자면 몇 년을 주기로 '인싸'와 '아싸'의 삶을 번갈아 산 흐름이 발견된다. 또 같은 주기라고 해도 어떤 장소에서는 '인싸'이고, 다른 장소에서는 '아싸'가 되기도 한다. 나뿐만 아니라 여러 모임이나 단체를 관찰해봐도 그곳에서의 '인싸'가 외

향인이 아닌 경우를 어렵지 않게 볼 수 있다. '아싸'와 '인싸'는 편견과 달리 내외향성과 뚜렷한 연관 관계가 없다.

사람들 사이에서 인력(引力)은 누구하고나 심리적인 저항 없이 어울릴 수 있는 성향에서만 나오는 건 아니다. 어떤 형태로든 무리에 이득을 주거나 줄 가능성이 있는 사람이 '인싸'가 된다. 그것은 재미일 수도, 친근감일 수도, 일 잘하는 능력이나 재력일 수도 있다.

인생의 많은 장면에서 '아싸'였던 나는 그때마다 내가 매력 없는 사람이라는 자괴감에 시달렸고 꽤나 외로웠다. 그런데 뒤늦게 돌아보니 '아싸'로서의 삶은 내 선택이었다. 나는 주는 데에 서툴고 혼자 있는 것을 더 편안해하는 사람이었다. 무엇보다 내 위치를 쓸쓸해하면서도 막상 '인싸'가 될 수 있는 상황이 닥쳐도 그걸 받아들이고 싶지는 않았다. 혼자가 싫어 무리에 한 발 걸치고 있기는 해도 내 빈약한 에너지를 그곳에 쏟아붓고 싶지는 않았던 것이다. 쉽게 방전되어 본능적으로 에너지를 아끼기 마련인 내향인이 '아싸'가 되기 쉬운 것도 이와 비슷한 이유다.

그러나 에너지를 쏟을 동기를 찾게 된 무리 속에서라면 이야기가 달라진다. 무언가를 주겠다는 선의와 자원이 있는 사람이라면 누구나 무리 안에서 말과 행동의 폭이 넓어진다. 웬만큼 지독한 내향인이라도 그 속에서는 훨씬 자유롭게 의견을 개진하고 농담도 한다. 구성원들에게 더 스스럼없이 다가갈 수도 있다. 그게 다름 아닌 '인싸'의 삶인 것이다. 왕후장상의 씨만 따로 없는 게 아니라 '인싸' 유전자도 따로 없다.

사실 한국은 외향인이 마냥 '인싸'로 살기도 어려운 곳이다. 한국은 언어가 표현된 이상의 의미를 담기 마련인 고맥락 문화권(high context culture)에 속한다. 고맥락 문화권인 한국에서 "배가 고프다"는 말은 상황에 따라 '밥을 사줘', '나와 함께 먹자', 심지어 '집에 가고 싶으니 나를 보내줘'라는 뜻도 될 수 있다. 그러나 저맥락 문화권인 독일에서는 말 그대로 '배가 고프다'는 의미일 뿐이다.

고맥락 문화권에서는 무리에서 적극적인 행동을 할 때 맥락이 몹시 중요하다. 무리 안에서 그 시점에 통하는 정서의 흐름에 맞게 눈에 띄는 행동을 해야 환호를 받을 수 있다. 자칫 감을 잡지 못하고 보폭을 크게 했다가는 '나댄다'는 비난을 들으며 배척당하기 일쑤다. '가만있으면 중간은 간다'는 우리 속담의 의미가 바로 이런 것이다.

보이지 않는 미묘한 맥락을 잡아내고 해석하는 건 차분하고 공감에 재능이 있는 내향인에게 더 유리한 일이다. 외향인이 꼭 '인싸'라는 법이 없는 이유가 여기에 있다.

지구가 태양 주변을 공전하듯 우리도 삶의 주기에 따라 때로는 중심에서 가까워지고 때로는 멀어진다. 나 자신에게 집중하다 보면 주변과의 협응에 따라 자연스럽게 때로는 '인싸', 때로는 '아싸'의 삶을 살게 되더라는 것이다. 한 무리에서 자기 존재감을 느끼는 것도 좋았고, 있는 듯 없는 듯 자유로운 주변인으로 남는 것도 좋았다. '인싸'니 '아싸'니 하고 우월을 나누거나 자조할 것 없이 내 삶의 주기를 그저 흐름에 맡기는 건 어떨까?

Q

무리 속에서 늘 겉돕니다. 무리 중 각각의 사람들과는 개인적으로 친한데도 이상하게 그 사람들이 전부 모인 자리에서는 저 혼자 '섬'인 것 같아요. 중심 대화에 자연스럽게 끼어들기도 어렵고요. 내성적인 성격 때문일까요?

A

내향인들이 무리 속에서 소통하는 데에 어려움을 겪는 경우가 많아요. 일대일 대화와 여러 사람과의 대화는 성질이 다르거든요. 일대일 대화는 듣는 것만 잘해도 서로가 만족스러운 대화를 할 수 있어요. 내가 말할 때도 어느 정도는 반응이 보장된 단 한 사람의 청자가 있고요.

그런데 사람이 늘어나면 많은 상황이 달라집니다. 발언권을 얻기 위해 내가 더 적극적이 되어야 하고, 듣는 귀가 많아진 무리는 곧 청중이 되거든요. 내향인은 듣는 사람의 반응을 더 신경 쓰므로 위축될 수밖에 없어요.

사실, 듣는 능력이 더 뛰어난 내향인은 일대일로 만날 때 훨씬 매력적인 사람이 됩니다. 가깝게 지내고 싶은 사람이 있다면 일대일 만남에 집중하고, 무리에 섞일 수밖에 없을 때는 너무 발언을 하려고 애쓰지 말고 적절한 반응으로 존재감을 드러내세요. 내향인이 어쩌다 무리의 중심이 되어서 말을 많이 하게 되는 경우도 있는데, 그럴 때조차 필요 이상으로 나섰다는 후회를 하게 되더라고요.

한때 나는 외향적인 사람들과는 잘 안 맞는 것 같다고 생각한 적이 있다. 어느 장소에서든 주목을 받고 사람들과 잘 어울리는 그들과 함께 있으면 그 그늘에 묻히는 내가 초라하게 느껴졌다. 내 내향성이 인생의 걸림돌이라고 느낀 적이 없는데도 그들과 함께 있을 때만큼은 열등감 비슷한 불쾌감이 올라왔다. 그리고 그런 감정을 느끼는 자신이 싫어져서 두 배는 더 힘들었다. 이런 경험이 몇 번 반복되자 외향적인 사람과는 어울리지 않는 편이 낫겠다는 결론에 이르렀던 것이다.

그런데 시간이 지나면서 그때의 내가 틀렸다는 것을 알게 되었다. 외향적인 사람이 나와 안 맞는 게 아니라 그 시기에 내가 어울린 외향인들이 좋은 사람이 아니었던 것이다.

인성 좋은 외향인은 곁에 있는 사람들이 소외감을 느끼게 하지 않는다. 오히려 그 외향성을 이용해 조용한 사람들이 편안하게 양지로 나올 수 있도록 이끌어주고 필요할 때에만 존재감을 드러낸다.

함께 있을 때 나를 주변인으로 만들며 알 수 없는 부끄러움을 느끼게 하던 외향인들은 나중에 보면 대부분 문제가 있는 사람들이었다. 내면의 결핍 때문에 타인의 관심을 독점하고 싶어 하며 소심한 주변 사람들의 위축된 모습을 모르는 척 즐기는 사람들이었다.

자아에 가장 큰 치명상을 입히는 사람들은 유쾌한 외향인의 얼굴을 하고 있다.

외향성, 내향성은 인성과 상관없는 표현의 문제이기에 이게 좋은 사람과 나쁜 사람을 가르는 기준이 될 수 없다. 다만 나쁜 내향인은 그 특성상 접촉면이 좁고 타인에 대한 통제력이 약하기 때문에 피하려 들면 피할 수 있지만, 누구든 친근하게 대하고 첫인상이 호감인 외향인의 악의는 훨씬 교묘해서 웬만큼 깊은 상처를 입기 전까지는 알아채기 힘들다.

그런 이들 옆에서 불행한 기분을 느낀다는 것은 죄책감과 혼란

마저 더해진다는 것을 의미한다. 다들 좋아하는 듯한 그 사람에 대해 나만 이런 감정을 느끼는 것 같고, 잘못이 내게만 있는 것 같다. 소설이나 드라마 속에서 착한 주인공을 질투하는 못된 조연이 된 기분이랄까. 이런 사람과 오래 관계를 이어나가다 보면 자아가 너덜너덜해지고 그 관계에서 벗어나더라도 회복이 더디다.

그러나 시간이 지나면 그런 기분을 느낀 게 나만은 아니었음을 알게 된다. 그에게 반응하고 함께 웃었던 사람들이 실은 각자 자기 내실에 고립된 채 같은 고통을 겪고 있었던 것이다. 결국은 뒤늦게 관계의 해악을 알아챈 사람들이 하나둘 탈출을 감행한다.

그래서 호감형의 나쁜 외향인 주변에는 '오래되고 친근한 관계'인 사람이 없다. 오래 안 사람들은 그와 가까워본 적이 없고, 친근한 사람들은 아직 그에게 피해를 보지 않은 것이다. 늘 사람들에게 둘러싸여 있는 것처럼 보이면서도 실은 곁에 아무도 없다.

수많은 관계를 겪으며 관찰했다고 생각하는 내게도 아직 나쁜 외향인을 단번에 알아볼 능력은 없다. 그래서 누군가와 함께 시간을 보내고 돌아오는 길에 어딘지 찜찜한 기분을 느끼게 되면 한동안 그 사람을 멀리한다. 물리적으로 그럴 수 없다면 감정적으로라도 거리를 둔다. 그러면 그 감정의 뿌리가 나인지 그 사람인지 알 수 있다.

내가 좋아서 끌리는 관계와 어찌어찌 끌려 들어가게 되는 관계는 다른 것이다. 마음 한끝이 무거우면서도 적극적으로 다가오는 매력적인 상대를 거절하지 못해 이어지는 관계는 늘 내 삶에 짐을 지웠다.

특유의 예민함으로 감지했던 내 감정들에 이유가 있을 거라는 사실을 늘 무시했다. 무난하고 둥글둥글한 사람들이 환영받는 세상에 좀 더 걸맞은 인물이 되고 싶었다. 그렇게 안에만 가둬둔 감정들이 나를 좀먹는다는 걸 알면서도 말이다.

스스로에 대한 믿음은 자신이 막연히 느끼는 감정을 현실과 연결할 수 있게 해준다. 그건 의뭉스런 사람들이 선을 넘어올 때 자신을 지킬 수 있게 해주는 힘이 된다.

나쁜 외향인은 주기적으로 내 인생을 스칠 때마다 매번 강력한 교훈을 준다. 내가 느끼는 것이 항상 옳고, 이제 그만 나 자신을 믿어도 된다는.

내향성과 예민함은 완전히 일치하지는 않지만 관계가 깊다. 그래서인지 사람들 속에서 유독 예민하게 군다 싶은 이를 내성적인 사람이라고 오해하기 쉽고, 예민함 자체를 부정적인 기질로 보는 시각도 많은 것 같다. 하지만 내향인들의 예민한 기질이란 보통 우리가 정의하는 예민함과는 의미가 다르다.

전에 알던 사람 중에 어디에 가서 뭘 먹어도 좀처럼 맛있다고 하는 법이 없는 이가 있었다. 대놓고 맛없다고 말할 때도 있었고, 말없이 이맛살을 찌푸리며 수저를 내려놓을 때도 있었다. 그가 동석한 식사 자리에서 맛있다는 말을 들은 건 수년간 단 한 번뿐이었다. 나를 비롯해 함께 알던 지인들은 그가 아주 예민한 미각의 소유자이며 미식가일 거라고 짐작했다. 그래서 그와 식사

할 때는 되도록 평이 좋은 맛집을 신경 써서 알아보곤 했다.

그런데 많은 시간이 지나 그를 더 경험하게 되면서 우리가 단단히 착각하고 있었다는 것을 깨달았다. 알고 보니 그는 미각이 예민한 게 아니라 그냥 편식이 심한 사람일 뿐이었다. 자신이 좋아하는 음식은 맛이 형편없어도 잘 먹었다. 그의 예민함의 정체는 사실 호불호를 망설임 없이 드러내는 성격이었던 것이다.

우리는 많은 경우에 까칠함을 예민함과 혼동하곤 한다. 내성적인 사람이 대체로 예민하니 대하기 까다로울 거라고 생각한다. 그런데 아이러니하게도 막상 부대껴보면 내성적인 사람이 더 무던한 경우가 많다. 쉽게 가까워지기는 어렵지만, 일단 가까워지고 나면 모난 데 없이 한없이 둥글둥글한 게 그들이다.

'표현'에는 에너지가 든다.

예민한 성향을 갖고 있는 것과 그것을 표현하는 것은 전혀 다른 일이다. 내성적인 사람은 자신이 느끼는 불만을 타인에게 노출할 때의 부담감을 감당하지 못한다. 또 그 불만을 표현하는 자신을 의식하면서 스트레스를 받는다. 그래서 그 예민한 감각으로 감지한 것들은 대개 자극 자체에 머무는 경우가 많다.

느끼고, 잊어버린다.

생일에 남편과 함께 초밥집에 간 적이 있다. 요리사가 즉석에서 초밥 하나하나를 만들어 내주며 설명을 곁들이는 곳이었다. 손님 열 명이 요리사를 중심으로 둘러앉아 각자 일행들과 담소를 나누며 조용히 식사하는 분위기였다.

그런데 어느 순간부터 한 중년 남성이 큰소리로 요리사에게 말을 걸며 고요를 깨기 시작했다. 그는 자신이 아는 생선에 대한 지식들을 늘어놓으며 점점 목소리를 키웠고, 요리사는 손님들 눈치를 보며 마지못해 대꾸해주고 있었다. 그와 동행한 부인과 딸은 이런 상황에 익숙한 듯 가장과 말 한마디 섞지 않고 각자 젓가락질을 할 뿐이었다.

그 소음 때문에 남편과 대화하는 것도, 요리사의 설명을 듣는 것도 힘들어진 나는 부글부글 속이 끓었다. 결국 나는 그 중년 남성이 듣는 자리에서 항의할 수밖에 없었다. 그래서 나는 그 이후 조용하고 마음 편하게 식사를 할 수 있었을까?

호기롭던 모습과 달리 나는 젓가락을 쥔 손을 오들오들 떨었고,

심장은 쿵쾅거렸으며, 입으로 들어가는 초밥이 무슨 맛인지 도통 느낄 수가 없었다. 주의를 받은 당사자가 내게 보복이라도 할까 무서웠던 것도, 딱히 비난을 들은 것도 아니었다. 그저 타인의 감정을 거스르는 말을 한 일이 만든 파동이 나 자신을 힘들게 했을 뿐이다. 타인과의 충돌로 번지기도 전에 내 안에서의 전쟁으로 이미 불바다가 된 것이다.

이런 일을 감당하기 어려운 내향인은 그래서 타인을 향한 일에서는 무던하거나 둔감해지곤 한다. 외향인과 내향인이 단짝 친구라면 그중에서 더 잘 토라지거나 화를 많이 내는 쪽은 외향인일 가능성이 크다. 대신 내향인은 상대가 자신이 수용할 수 있는 범위를 넘어섰다는 걸 깨달으면 순식간에 돌아서기 쉽다. 그게 상대의 입장에서는 '어느 날 갑자기' 돌변한 것으로 보일지 모르지만, 실은 무던함으로 방어하며 수용해주던 불만들이 임계치에 다다른 것이다.

하지만 사회 경험이 쌓이면서 우리는 점점 각자의 본성과 거리를 두고 이 예민함을 표현한다. 외향인은 좀 더 상대의 입장을 의식해 표현을 자제하고, 내향인은 필요할 때 표현할 수 있도록 스스로를 단련하기도 한다. 그래서 일정한 사회적 연령에 도달한 사람들에게 예민함의 표현은 더 이상 내향성, 외향성의 문제가 아닌 게 되는 것이다. 충분히 어른이 된 사람인데 누가 봐도 예민하다면 그는 원래 그런 사람이 아니라 '예민한 사람으로 살기로 결정한 사람'이다.

그런 결정을 할 수 있으려면 그에 따르는 반동을 이겨내는 맷집이 있거나, 예민함을 감당해주는 주변 사람들에게 그에 상응하는 대가를 치러줄 힘이 있어야 한다. 내향인이니 일단 맷집은 떨어지고 보상할 힘도 없으니 나는 한없이 너그러울 수밖에 없다. 일부러 그러자고 해서 그러는 것이 아니라 내 중추신경이 알게 모르게 유도한 삶의 태도다.

내향인의 이런 면은 초년 인생을 아주 피곤하게 만들기도 하지만, 일정 시기가 지나면 더 좋은 어른이 되는 데에 유리한 기질임을 알게 된다. 모든 게 그렇듯 좋기만 한 것도, 나쁘기만 한 것도 없다.

내성적인 사람이 대체로 예민하니 대하기 까다로울 거라고 생각한다. 그런데 아이러니하게도 막상 부대껴보면 내성적인 사람이 더 무던한 경우가 많다. 쉽게 가까워지기는 어렵지만, 일단 가까워지고 나면 모난 데 없이 한없이 둥글둥글하다.

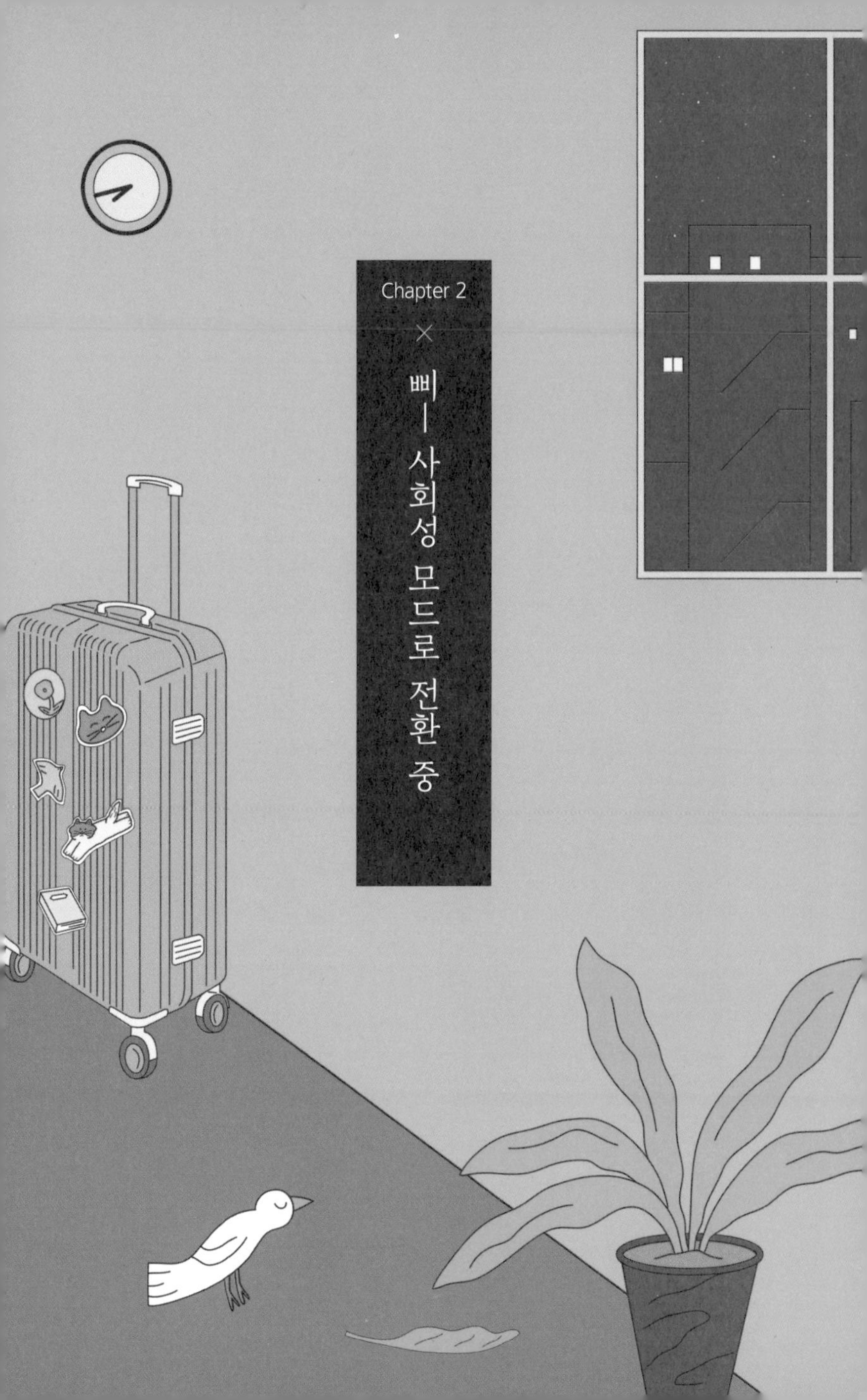
Chapter 2
삐- 사회성 모드로 전환 중

앨범을 뒤져보면 어린 딸과 함께 찍은, 제대로 된 가족사진이 거의 없다. 사진 속의 딸은 얼굴을 가리거나 눈을 꾹 감고 있다. 아무래도 여행지 같은 곳에서 가족원 모두가 들어간 사진을 찍기 마련인데, 그러다 보니 사진을 찍어주는 사람이 낯선 사람일 때가 많아서 그렇다.

딸은 대여섯 살 무렵까지 편하지 않은 사람을 마주해야 하면 자는 척을 했다. 심지어 서서도 잤다! 마치 천적이 나타나면 몸을 뒤집은 채 죽은 척하는 무당벌레를 보는 것 같았다. 나는 그런 딸과 함께 사람들을 만날 때마다 민망하고 불편했다. 가족끼리 있을 때는 말이 잘 통하는 아이가 왜 밖에만 나오면 저러는지 이해할 수 없었다.

어느 날 가족 동반 행사에 갔을 때였다. 부부가 함께 참가하면 상품을 준다는 사회자의 목소리가 마이크를 통해 들리는가 싶더

니, 다음 순간 나와 남편이 동시에 무리의 맨 뒤로 물러나 있는 걸 발견하게 되었다. 두 사람이 한꺼번에 순간 이동이라도 한 것 같았다. 혹시라도 누가 무대로 떠다밀기라도 할까 봐 미리 피한 것이었다. 그걸 보면서 딸의 지독한 내향성이 어디서 온 것인지 깨달았다. 우리가 그런 유전자를 준 것이다.

한국인의 80퍼센트가 내향인으로 분류된다는 연구 결과를 본 적이 있다. 정도 차이는 있겠지만, 많은 이가 인간의 내향성을 이해할 만한 사람들이라는 의미다. 그런데도 우리는 외향인의 모습을 표준으로 삼고 "저렇게 바뀌어야 한다"라고들 말한다. 사회성 버튼을 누르는 데에 능숙해지기 전, 본연의 성향으로 살던 시절의 기분을 잊어버린 것이다.

외향성이 말 그대로 발산적인 성향이다 보니 '혼자'를 벗어난 모든 상황에서 편리하기는 하다. 낯선 환경에 잘 적응하면서 사람들과 어울릴 수 있다는 건 인간의 생존을 좌우하는 바깥세상과 긴밀하게 연결되어 있음을 뜻한다. 그래서 그렇게나 당연한 것들에 좀 더 어려움을 겪는 내향인을 교정이 필요한 불완전한 존재로 보게 된 것일 테다.

내향인이 어린 시절의 성품 그대로 머물러서는 안 된다는 건 틀림없다. (낯선 사람만 보면 자는 척하는 30세 어른을 상상해보라!) 하지만 사회화와 함께 자기 성향에서 나아가야 하는 건 외향인도 마찬가지다. 필요할 때 자신을 적절하게 안으로 접을 줄 모르는 사람들이 남을 불편하게 하는 건 매한가지니까.

내향성을 고쳐야 하거나 열등한 것으로 보기보다는, 필요할 때 사회성 버튼을 누르는 일을 몸에 익히는 예의 정도로 보는 시각이 바람직하다.

그리고 사회성 버튼을 누르고 있는 시간만큼 휴식 시간이 내향인에게 필요하다는 것도 좀 더 보편적으로 이해받았으면 좋겠다. 사람들과 왁자하게 어울리기를 좋아하는 외향인의 성향은 당연하게 생각하면서, 좋은 사람들과 함께 있어도 종종 집에 빨리 가고 싶어 하는 내향인의 성향에 대해서는 조목조목 설명을 요구한다. (물론 이 말이 내향인이 자기 입으로 상대에게 그런 설명을 할 수 있다는 의미는 아니다.)

외향인을 기본값으로 설정하고 모든 사람이 항상 외향인인 척하기를 강요하는 사회는 폭력적이다. 담백하게 분류한 하나의 성향으로 인정하고, 그 성향대로 살아도 괜찮다는 걸 알아주면 좋겠다. 이해해줄 수 없다면 그냥 내버려두기라도 했으면 좋겠다.

서양식 파티에 오시겠습니까?

개업식에 오라는 어느 지인의 초대를 받았다. 그가 사무실을 열기까지의 과정을 지켜봤던 터라 안 갈 수 없겠다고 생각했다. 동선이 겹치는 다른 지인이 없어서 혼자 가야 하는 것이 망설여지기는 했지만, 선물을 사 들고 그가 일러준 장소로 갔다.

시간에 맞춰 사무실 문을 열고 들어간 나는 깜짝 놀랐다. 커팅식이라든지 고사라든지 하는 식순이 있는, 이전까지 내가 알고 있던 개업식과는 전혀 다른 풍경이 펼쳐졌다. 클럽에서 들릴 법한 리듬감 있는 음악이 흐르고, 책상이 모두 치워져 휑한 공간에 사람들이 손에 음식을 들고는 삼삼오오 모여 서 있었다.

멍하니 지금 내가 보고 있는 광경이 무엇인가 이해하려고 애쓰는 동안, 나를 초대한 지인이 오랜 해외 생활을 마치고 귀국한 지 얼마 안 된 사람이라는 사실을 기억해냈다.

이게 바로 외국 드라마에서나 보던 서양식 스탠딩 파티라는 걸 알고 나자 더욱 난감해졌다.

이제부터 나는 뭘 어떻게 해야 하는 거지?

그래, 나를 초대한 지인을 찾아야 한다. 그가 망망대해 같은 파티장에 미아처럼 서 있는 나를 인도해줄 거야.

그러나 어쩐 일인지 아무리 눈으로 훑어도 호스트가 보이지 않았다. 서로 대화를 나누는 낯선 사람들로 꽉 차 있는 방에서 혼자 서성이던 나는 한참 만에 안으로 들어온 그와 마주쳤다. 잃어버린 가족을 이십 년 만에 만난 듯 와락 다가서서는 축하 인사를 하고 선물을 건넸다. 그는 유쾌하게 웃으며 잠깐 나와 대화를 나누고는 느닷없이 바로 옆에 모여 있던 사람들을 소개해줬다. 그와 일하는 사람들이었는데 나와는 별다른 연고도 공통점도 없었다.

"아…… 네, 안녕하세요……."

"저는 '누구누구'입니다."

"그러시군요……."

이런 몇 마디가 오가자 호스트는 그럼 함께 대화들 나누시라는 말을 남기고 훌쩍 사라졌다. 그다음 순간부터 이루 말할 수 없는 어색함이 감돌기 시작했다.

서로 잘 알던 그들은 내가 끼면서 자신들끼리도 말을 잘하지 못한 채 침묵을 지켰고, 참다못한 내가 의미 없는 질문을 하면 단답 몇 마디가 오갈 뿐이었다. 호스트가 권해서 손에 들고 있던 핑거 푸드가 도저히 목구멍으로 넘어가지 않았다.

내성적인 인간인 내게 이 상황은 살면서 가장 막막했던 장면 베스트 5 안에 든다.

이 파티의 맹점은 모조리 한국 사람들이 참석한 서양식 파티라는 것이었다. 그 자리에 초대받은 사람들은 같이 온 사람들끼리 수건돌리기 대형을 짜고는 철옹성처럼 제자리를 고수했고, 다른 아는 사람을 만나야만 거기서 벗어났다. 그 자리가 어색한 게 나뿐만은 아니었다는 뜻이다.

한국인에게 파티란 새로운 사람들을 사귀기보다는 아는 사람들끼리 노는 일에 더 가깝다. 붙박이로 앉은 자리에서 근처에 앉은 사람들과 말을 섞다 가까워지는 것이지, 낯선 사람들을 걸어서 찾아다니며 말을 거는 것은 통상적이지 않다.

어쩌면 이 끔찍한 파티는 나와 가까운 부류보다는 전혀 다른 사람들과 함께했을 때 훨씬 편할 것이었다. 이를테면 사교적이기로 소문난 미국인들과 함께한 파티였다면 나는 눈 딱 감고 사회성 버튼을 눌렀을지도 모른다. 그랬다면 제동장치를 걸지 않고 마구 나서며 소개받은 무리와 친해졌을 수도 있다. 최소한 사회성 버튼을 누른 나를 받아줄 토대가 있었을 것이기 때문이다.

하지만 수줍은 한국 사람들이 참석한 미국 파티라는 지옥도에 뭣도 모르고 혼자 떨어진 나는 이럴 수도 저럴 수도 없는 불청객일 뿐이었다.

결국 나는 나무토막처럼 버티고 있는 것보다 재빨리 빠져주는 편이 더 예의 바른 행동이라는 판단을 내렸다. 그래서 가볍게 목례를 한 후 스르르 비켜줬고, 비로소 그들은 안도하는 얼굴로 대화를 다시 시작했다.

그 무리에서 빠져나온 나는 잠시 고민에 빠졌다.

이제부터 뭘 어떻게 해야 하지?

다시 나는 혼자였고, 아무리 둘러봐도 아는 얼굴은 보이지 않았다. 이왕 왔으니 여기에 얼굴을 들이밀 법한 지인들이라도 보고 돌아가고 싶었지만 그들이 나타날 때까지 버틸 수 있을 것 같지가 않았다. 게다가 배까지 고팠다. 사막에 혼자 있어도 그보다는 나을 것 같은 외로움이 덮쳤다.

'그래, 탈출하자.'

결심이 서자 나는 바로 밖으로 나와 택시를 잡았다. 집으로 향하는 택시 뒷좌석에서 나는 말할 수 없는 안온함이 몸을 감싸는 걸 느꼈다. 그때 시계를 들여다본 나는 깜짝 놀랐다. 억겁을 견딘 것 같은 기분이었는데 내가 그곳에 머문 시간은 고작 십오 분에 지나지 않았던 것이다.

그날 이후로 나는 몇 가지 교훈을 얻었다.

잔치는 괜찮아도 파티는 피할 것.

만약 꼭 가야 한다면 모든 순간에 곁에 있어줄 동행을 구할 것.

그리고 내가 이런 사람이라는 걸 그냥 받아들일 것.

외향인을 기본값으로 설정하고 모든 사람이 항상 외향인인 척하기를 강요하는 사회는 폭력적이다. 사회성 버튼을 누르고 있는 시간만큼 휴식 시간이 내향인에게 필요하다는 것도 좀 더 보편적으로 이해받았으면 좋겠다.

\
만남, 네 사람까지가 한계입니다

내가 날마다 걷기 운동을 하는 길에는 술집이나 고깃집이 많다. 해가 지고 난 뒤 혼자 땀 흘리며 걷고 있으면 양념 갈비 굽는 냄새와 상기된 술자리의 대화들을 어김없이 만나게 된다. 바깥에서도 훤히 들여다보이는 불빛 속에서 여러 사람이 파도타기로 술잔을 부딪치며 와그르르 웃는다. 때로는 회식하는 직장인들, 때로는 신학기에 모인 대학생들일 때도 있다. 그 활기가 부러워 잠시 걸음을 멈추고 그쪽을 본다. 그리고 저런 모임의 일원이 된 내 모습을 상상한다. 그러고는 다음 순간, '그건 아니지' 하며 고개를 내젓고 가던 길을 재빨리 걸어간다. 여러 사람이 함께하는 화기애애한 분위기는 동경하는 것만으로도 충분하다. 저 속에 내가 있다는 건 잠깐의 가정만으로도 피곤해지는 일이다.

좋은 사람을 만나는 것을 좋아한다. 그러나 되도록 일대일로 만나 서로에게 몰입하면서 사는 이야기를 듣고 교감하는 편이 더 좋다. 맞은편에 앉은 사람을 내 세계로 초대하고, 나도 상대의 세계에 들어가서 또 다른 인생 체험을 하는 게 좋다.

거기에 다른 사람 한둘쯤 더 있는 것도 괜찮다. 하지만 함께 자리하는 사람이 많아질수록 내가 느끼는 만남의 장점이 희석되고 피로감이 몰려오기 시작한다.

내가 느끼기에 나를 포함해서 네 명 정도까지가 대화하기에 좋은 것 같다. 그 이상이 되면 공통의 이야기 주제에 집중하지 못하는 사람이 생기거나 대화를 나누는 무리가 갈라진다. 이렇게 되면 전체 분위기가 어수선해지고 어느 한 무리에 끼더라도 대화가 제대로 되지 않는다.

더 난감한 건 무리가 분리되는 중간 자리에 끼어 앉게 될 때다. 이쪽 무리의 이야기를 듣고 맞장구를 치고 있자니, 어쩐지 저쪽 무리가 의식된다. 바로 옆에 앉아 있으면서도 다른 편의 이야기를 듣는 내게 섭섭함을 느낄 것만 같다. 그래서 적당히 다른 쪽 대화에 끼어들면 무슨 이야기를 하는 중인지 몰라 한참을 어색하게 듣고 있어야 한다.

그러다 보면 양쪽 무리 모두의 대화에 제대로 참여하지 못하고 억지 미소를 지은 채 이쪽을 봤다, 저쪽을 봤다 하는 나 자신을 발견하게 된다. 모임의 구성원이 모두 낯설거나 살갑지 않은 사람들일 때 이런 모양새가 되면 한시라도 빨리 도망치고 싶어진다.

다른 사람의 기분을 살피고 감지하는 게 본능인 내향인은 동시다발적인 상호작용을 힘들어한다. 내가 말을 하면서도 발언권을 독식하고 있는 건 아닐까 의심하게 되고, 너무 조용히 있으면 분위기를 흐리는 건 아닌가 조심스럽다. 유독 대화에 끼지 않는 사람이 있으면 저 사람이 소외되는 것 같아 속으로 안절부절못한다. 딱히 배려를 행동으로 옮기지 못하더라도 혼자 마음이 복잡하다. 가끔 그런 자리에서 많은 사람과 한꺼번에 어울리며 활기를 띠는 외향인이 없으면 어찌어찌 내가 그런 역할을 하게 되는 불상사(?)도 생기는데, 그런 날에는 너무 나댔다는 자괴감과 피로감에 동시에 시달리기도 한다.

많은 사람과 한꺼번에 어울리는 동안 나를 더 피곤하게 하는 건 그 시간이 무의미한 것만 같은 기분이다. 그런 자리에서는 대개 얕은 형식적 대화들이 오간다. 서로에 대한 이야기는 없고 다른 사람에 대한 이야기, 혹은 가벼운 정보나 농담이 왁자하게 부유한다. 집으로 돌아오는 길에 기억에 남는 내용이 하나도 없는, 대화를 위한 대화들이다.

무엇보다 사람과의 상호작용 자체가 내향인에게는 커다란 자극인데 한꺼번에 여러 방향의 상호작용들을 하자니 생체 배터리가 급속도로 방전되는 건 당연한 일인 것이다.

낯선 사람이 바글바글한 모임에서 한껏 어른스러운 척하고 돌아오는 길에 다시는 이런 곳에 오지 않겠다고 다짐한 적이 있다. 공허한 만남에 마음이 허해서 편한 친구에게 전화를 걸고는 한동안 수다를 떨었다. 그제야 좀 채워진 것 같은 마음으로 전화를 끊었는데 휴대폰 화면에서 점멸하는 친구 이름을 보고 무언가가 떠올랐다. 생각해보니 그 친구도 그런 불편한 모임에서 처음 만나 친해진 것이었다.

삶의 환경과 내 사고가 달라질 때마다 긴 주기를 두고 가까운 사람들이 바뀌곤 했다. 이미 편해진 소수의 사람들과만 시선을 맞댄 채 문을 걸어 잠갔다면, 나는 더 이상 안 맞는다고 느끼는 사람들과의 관계에 갇히거나 혼자 고립됐겠구나 싶었다.

그 일 이후로는 그런 자리에 초대되면 가끔이라도 기쁘게 응한다. 내게는 영원히 낯설 수도 있는 세상이지만 그곳을 향해 문을 살짝 열어놓는다는 기분으로.

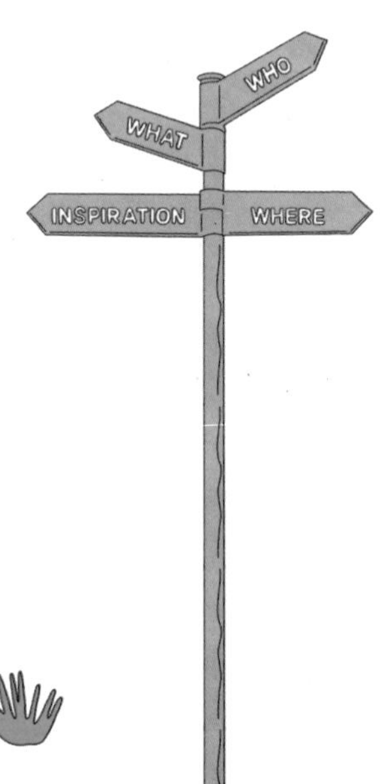

좋은 사람을 만나는 것을 좋아한다. 되도록 일대일로 만나 서로에게 몰입하면서 사는 이야기를 듣고 교감하는 편이 더 좋다. 맞은편에 앉은 사람을 내 세계로 초대하고, 나도 상대의 세계에 들어가서 또 다른 인생 체험을 하는 게 좋다.

열다섯 살에 쓴 일기를 봤다. 그 좁은 세상에서도 고민은 참 야무지게 많았구나 하며 읽어나가는데 눈에 띄는 대목이 있었다. 크리스마스를 핑계로 믿지도 않는 산타에게 보내는 소원의 말들이 줄줄이 적혀 있었던 것이다. 한 바닥을 통째로 쓸 만큼 장황했지만 내용은 하나였다. 진정한 친구를 만나게 해달라는 것.

친구가 없는 것도 아니었다. 지독히 내성적이었어도 친구가 없었던 적은 없다. 적당히 아이들과 어울리면서도 그 관계가 성에 차지 않았던 모양이다.

나는 서로에게 비밀이라고는 하나도 없고 내 온 존재를 수용하고 이해하며 전인격적으로 아귀가 들어맞는 친구, 죽을 때까지 우정을 함께할 친구를 원했다. 이쯤 되면 잘생긴 왕자님이 백마를 타고 나타나기를 기대하는 것보다 더 양심 없다는 생각이 들

지 않을 수 없다.

사실 소설이나 드라마에서 진짜 비현실적인 건 별 볼일 없는 여주인공에게 인생을 거는 완벽남이 아니라 주인공의 친구다. 주인공의 친구는 대개 어린 시절부터 주인공과 우정을 쌓아왔고, 어떤 상황에서도 주인공과 함께하며, 주인공의 전횡을 아무렇지 않게 이해해준다. 둘 사이에는 전적인 신뢰가 있어 오해가 쌓일 겨를이 없고, 생긴다 해도 금방 풀린다. 이야기 전개상 친구라는 역할에 복잡한 심리묘사를 할애할 수 없어서 벌어지는 일이지만, 그걸 보는 우리는 무의식중에 친구란 응당 그래야 하는 거라고 생각하게 된다.

내향인이 좋아하는 인간관계가 바로 로맨스 드라마 속 주인공 친구와 같은 몇몇 사람과 좁고 깊은 관계를 맺는 것이다. 낯선 사람을 새로 만나기 싫고, 굳이 속내를 털어놓을 만큼 가깝지 않은 사람과 피상적인 관계를 맺을 필요도 못 느낀다. 가장 가까운 소수의 사람들과 맺는 관계가 배타적인 독점 관계이기를 은근히 바라기도 한다. 관계도는 복잡하지 않아야 좋고 일대일이면 가장 좋다.

여러 성향의 친구들이 우르르 나오는 성장 드라마식 우정은 내향인의 취향이 아니다. 재미있어 보이는 친구 집단을 동경하기도 하지만, 결국에는 그 안에서도 더 집중할 수 있는 관계를 만들게 된다.

외향인이 여러 사람과 동시다발적인 관계를 맺을 수 있는 건 그 관계에서 깊은 정서적 유대감을 기대하지 않기 때문이다. 자신을 쉽게 열어 보이고 타인에게도 스스럼없이 다가가지만 상대의 세계에 깊게 들어가려고 하지 않는다. 사람들과 어울리며 공유한 시간 자체에 의미를 두고 얕은 관계에도 만족한다. 그래서 외향인은 좀 가까워졌다 싶은 사람이 동등하게 깊은 관심을 요구하며 관계를 독점하려 들면 당황하기도 한다.

시간이 지나 깨달은 것은 어느 쪽이든 자신이 타고난 성향에 극단적으로 주저앉는 건 어른이 할 일이 못 된다는 점이다.

진화심리학에서는 친구 관계를, 생업에 바쁜 부모를 대신하는 또래 집단의 생존 연대라고 본다. 사춘기에 친구가 목숨만큼 소중하게 느껴지는 이유가 먼 옛날 실제로 목숨을 좌우하는 관계였기 때문이라는 것이다.

바꿔 말하면 친구나 관계에 지나치게 집착하는 것은 내면이 유년기에서 아직 벗어나지 못했다는 뜻도 된다. 여전히 깊은 유대 관계에만 집착하는 것이나, 많은 사람과 어울리는 데 지나치게 시간을 쏟는 것이나, 어느 쪽이든 마찬가지다. 관계를 어른의 것으로 성숙시키지 못할 때, 어떤 이들은 기존의 익숙한 관계를 끝내고 다시 새로운 관계를 만드는 걸 포기하기도 한다.

내성적인 열다섯 소녀에서 벗어나 관계의 외연을 확장하면서, 나는 산타의 소원에 의지하지 않고도 관계를 통해 갖고 싶었던 것들을 그런대로 누리며 살 수 있게 되었다. 그냥, 한 발자국만 금 밖으로 나갔다.

만나는 사람 수가 적고, 접하는 세계가 너무 좁으면 관계 안에서의 움직임에 필요 이상으로 예민해진다. 작은 일에도 섭섭한 마음이 들고, 조금만 소홀해도 안달하곤 한다. 성향에 따라 활동 영역의 크기야 달라지겠지만 한 발만 헛디뎌도 생판 남의 땅에 서게 되는 삶은 좋은 관계를 맺고 사는 데에 좋지 않다.

바닥끝까지 공감하지 못해도 그 사람과 함께한 시간이 즐겁기만 하다면 그것만으로도 괜찮다고 생각을 바꾸자, 나와 성향이 다른 외향인들도 썩 괜찮은 친구일 수 있다는 걸 알게 되었다. 그들에게서는 동질감보다는 힘과 경이로움을 얻는다. 바깥세상을 향해 방출하는 그들의 에너지에 나도 가끔은 해변 저 멀리까지 덩달아 떠밀려 가는 여행을 한다.

가끔 관계가 숙제처럼 다가올 때면 그동안 스스로 배운 것들을 되뇌곤 한다.

나, 가족, 그다음이 친구라는 우선순위를 잊지 말 것.

나를 열어놓지만 상대에게는 초대받는 만큼만 다가갈 것.

상대를 내 삶 안으로 억지로 초대하지 말 것.

친밀한 한두 관계에만 의존하지 말 것.

상대에게 많은 것을 바라지 말 것.

삶은 원래 외로운 것임을 잊지 말 것.

내향인이 관계에 대해 생각할 때 자신에게 던져야 할 질문들

- 단지 오래됐다고 해서 좋은 관계일까?
- 오래 알아온 친구를 잃는다는 것이 내가 좋은 사람이 아니라는 증거가 될 수 있을까?
- 호감이 가고 교감이 있는 사람이라고 해서 꼭 친구가 될 필요가 있을까?
- 덜 친밀한 사람들과 얕은 관계를 지속하는 것이 의미 없는 일이기만 할까?

낯선 사람이 대부분인 어느 모임에 갔다. 호스트가 제대로 챙겨주기만 하면 이제 이런 자리에도 금세 적응할 정도는 되려니 깊이 생각하지 않고 응했고, 참석했다.
그런데 그 자리에서 사람들과 섞여 이런저런 대화를 할 때였다. 갑자기 낯선 사람들이 더욱 낯설게 느껴지고, 그들에 대해 알고 싶은 마음이 들지 않았다. 입을 열어 할 말을 만들어내는 게 버거웠고 어서 그곳을 벗어나고만 싶었다.
그런 자신을 의식하며 나는 몹시 당황했다. 내향인으로서의 본성이 이런 자리에서 튀어나오는 건 오랜만이었다.

사람에 대한 호기심이 많은 나는 그동안 '스위치 ON' 상태에서 그들 사이에 녹아들며 관계가 주는 장점을 보상으로 받아왔다. 그러면서 점점 사회성 버튼을 누르는 데에

익숙해졌던 것이다. 언젠가부터 그 버튼이 필요한 상황에서는 저절로 눌리기 마련이었고, 기회가 주어지면 사람들과 허물없이 어울렸다.

그런데 그날은 아무리 눌러도 버튼이 작동하지 않았다. 무슨 이유에서인지 내 사회성 버튼이 고장 나버린 것이었다.

어찌어찌 억지웃음으로 그 자리를 마무리하고 돌아오는 길에 나는 심각해졌다. 내 사회성 버튼이 왜 고장 났을까? 지난해에 모르는 사람들을 소개받았다가 몇 차례 호되게 당한 경험 때문인 것도 같았고, 그날 감기 기운에 몸이 처져서인 것도 같았다.

나쁜 경험이 그 원인이라면 큰일이다 싶었다. 이게 다름 아닌 트라우마라는 건데, 이러다가 영영 은둔 생활을 하게 되지 않을까 겁났다. 삶이 웬만큼 쌓일수록 사회성 버튼을 못 누르는 것만큼 미숙해 보이는 일도 없는데, 이제 와서 나잇값 못 하는 어른이 되기는 싫었다.

어쨌든 진땀을 흘린 그날 모임 이후, 나는 한동안 안면이 없거나 대하기 어려운 사람들이 있을 만한 자리는 모조리 피했다. 대신 사회성이 고장 난 나라도 기꺼이 받아들여줄 편한 사람들은 일부러 시간을 내서 만났다.

그러던 중 한번은 이런 내 사정을 들어주던 지인이 조용히 되물었다.

"너 혹시 요즘 일 때문에 힘드니?"

전혀 상관없는 화제에 의아해하면서도 나는 당시에 쌓여 있던 일거리들을 하나하나 헤아려봤다. 마감일이 머지않은 크고 작은 원고 세 개, 새로 강의안을 짜야 하는 강의 두어 개, 행사, 거기에 개인적으로는 이사까지 앞두고 있었다. 일에 치여죽기 직전이었지만 별 진전이 없어 답답하던 시기였다.

"일 때문에 스트레스를 받으면 별게 다 고장 나더라고. 너한테는 고장이 거기로 갔나 보다."

그 말이 맞았는지 얼마 후 일의 숨통이 트이면서 내가 잃었던 사회성도 무사히 돌아왔다.

사람의 의지라는 것은 강물이 아니라 우물물에 가깝다. 한꺼번에 너무 퍼 올리면 바닥을 보이고, 다시 채워지려면 시간이 걸린다. 내향인에게 의지가 소진됐을 때 가장 먼저 불이 꺼지는 영역이 다름 아닌 사회성이다. 그게 가장 많은 화력을 잡아먹는 공장이라서 그렇다. 갑자기 사람을 만나고 대하는 게 힘들어진다면 내 의지 창고가 텅 빈 것일 수도 있다. 그럴 때는 자신에게 실망하거나 억지로 사회성을 짜내려 하지 말고, 내 의지와 에너지가 다시 차오를 때까지 엎드려 기다리는 편이 좋다.

딸깍, 딸깍, 딸깍…… 고장 난 버튼을 너무 눌러대면 버튼 자체를 못 쓰게 되는 일도 생긴다.

Q

원래 내성적인 성격인데 그동안 활발한 척, 명랑한 척 살아왔습니다. 그 덕분인지 주변에 사람도 많고요. 그런데 이따금 '척하기'가 버거워서 혼자 조용히 있기만 하면 무슨 일이 있냐고 끈질기게 물어옵니다. 그 이유를 일일이 설명하기도 난감하고…… 외향인은 도무지 침묵하고 싶을 때가 없나요?

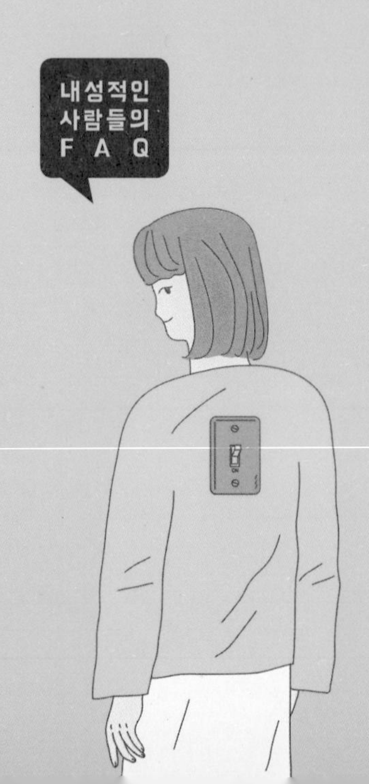

A

외향인도 '동굴'로 들어가고 싶을 때가 있습니다. 다만 그 역치가 내향인보다 훨씬 높을 뿐이지요(어떤 사람들은 역치가 어찌나 높은지 내향인의 입장에서는 무한대로 보일 때도 있습니다). 사실 아주 가까운 사람이라면 사회성 버튼을 꺼놓고 동굴로 들어가 쉬곤 하는 내향인의 주기를 관찰하고 알아서 이해해줍니다.

하지만 그런 모습을 처음 보거나 내향인에 대한 이해가 떨어지는 사람들은 걱정을 하면서 안부를 확인하곤 하지요. 이해받지 못하는 번거로움은 있지만, 나를 걱정해주는 사람들이 주변에 있다는 건 참 감사한 일이라는 생각도 듭니다.

그래서 저는 평소에 주변 사람들에게 미리 제가 동굴에 들어가는 상황에 대해 이야기를 해놓습니다. '나는 피곤하면 입도 벙긋하기 싫어져서 목을 좀 쉬어야 한다'라거나, '나는 스트레스가 쌓이면 주말 내내 자야 해서 전화 연락이 잘 안 된다'거나. 그래도 묻는 사람이 있다면 '저 사람은 이럴 때 안부 묻는 것을 예의로 생각하는 사람이구나' 하고 넘겨버리세요.

나는 정말 성공하고 싶은 걸까?

"너는 방탄소년단만큼 세계적으로 성공할 수 있다는 보장이 있다면 지금이라도 아이돌로 데뷔를 하겠니?"
요즘 가장 화제인 아이돌 그룹의 기사를 함께 보다가 지인이 불쑥 던진 질문이다.
'왜 아니겠어?'라고 냉큼 대답해야 마땅할 것 같은데 나는 쉽게 뭐라 말을 하지 못했다. 솔직히 말하자면 지금도 그 질문에 대한 내 안의 답을 잘 모르겠다. 나는커녕 내 딸이 아이돌 데뷔를 해도 될 나이일 정도로 세상을 살았는데도 나는 아직 이렇게 선명하지 못하다.

어려서부터 스스로 나서는 건 끔찍이 싫어하면서도 누군가가 억지로 떠다밀면 뭐든 그럭저럭하던 아이였다. 잘하는 무언가가 있고 그걸 인정받는 게 싫지는 않으면서도 그 과정이 내키지 않았던 것이다. 살아가는 동안 차차 성공이라는 것이 그런 종류의 과정임을 깨닫게 되면서 내 마음은 점점 아리송해진다.

나는 정말 성공하고 싶은 걸까?

경험치가 쌓일수록 절감하는 것은 인생 자체가 마케팅이라는 점이다. 마케팅이라는 건 실은 특별한 게 아니다. 자기 장점을 드러내는 활동인데, 연예인이나 상품을 판매하는 사람에게만 필요한 일이 아니라는 걸 알게 될 때가 많다. 직접적으로는 SNS나 퍼포먼스 같은 것일 테지만, 넓게 보면 사람을 만나 사귀거나 설득하는 일도 전부 마케팅이다.

어느 분야에서 일하건 아무리 대단한 능력이라도 애써 타인에게 알리고 각인시키지 않으면 그냥 묻히고 만다. 낭중지추(囊中之錐)라는 말처럼 뛰어난 사람이 저절로 눈에 띄기도 하지만, 자기 마케팅 없이 저절로 성공하는 경우는 세계 0.1퍼센트 천재들, 혹은 복권 당첨 수준으로 운 좋은 이들에게나 일어나는 일이다. 요즘 나는 적당한 재능을 가진 사람들은 그 재능을 계발하는 것 못지않게 자신이 가진 것을 알리는 노력도 해야 한다는 걸 확인하는 일상을 살고 있다.

성공이란 자기 마케팅을 하는 노력과 유명세의 부작용을 견디는 맷집을 상당 부분 포함하는 개념이다. 그리고 그건 내성적인 사람들에게는 아주 껄끄러운 일이다.

내성적인 사람들의 속마음이라는 게 이렇다.

'내가 혼자서 무언가를 열심히 만들어내면 그 가치가 저절로 알려져서 자연스럽게 성공하면 좋겠다. 그리고 그 성공은 남들 앞에 적극적으로 나서지 않아도 유지되면 좋겠다.'

이렇게 풀어놓으면 인생에서 좋은 것만 뽑아 먹겠다는 도둑놈 심보 같지만 누구나 이런 욕망이 마음 안에 있다. 다만 외향인에 가까울수록 자기 마케팅에 대한 저항감이 적어서 그것을 감수할 가능성이 커지는 것뿐이다. 그래서 보다 저항감이 큰 내향인이 자기 마케팅을 하려면 성공 욕구가 훨씬 커야 한다.

그래서일까. 내향인인데도 뒤늦게 적극적인 자기 마케팅으로 성공 가도를 달리는 사람들의 이면을 보면 많은 경우에 아주 강력한 동기가 있다. 주로 여러 인생 사건으로 성공이 절실하게 필요해진 경우다. 자연스럽게 성공한 것으로 보이는 유명인들 뒤에는 본성을 거슬러야 할 정도로 격렬한 사연들이 있는 것이다. 아무리 내성적인 사람이라도 그 잠깐은 파도에 오르듯 본성을 훌쩍 뛰어넘는다.

전에 내가 한창 성공 비슷한 것을 할 무렵에도 실은 그랬다. 인생 사건이 폭풍처럼 닥쳐서는 생존 욕구 외의 모든 자아를 탱크처럼 깔아뭉개고 지나간 탓에 그런 저항감 따위는 느끼지도 못했다. 지금은 전보다는 살 만해졌는지 성공 욕구가 저항감보다 커질 기미가 안 보인다. 여전히 새벽에 불현듯 깨어나 떠올리면 다시 잠들 수 없을 고민거리를 안고 사는데도 어림없다.

이제 눈에 보이는 황금빛 트로피가 성공의 본질이 아님을 아는 나는 어릴 때만큼 성공에 대해 쉽게 말할 수 없게 되었다. 대신 성공하지 못하고 있는 내 삶에 대해 슬퍼하지도, 타인의 삶의 성패를 함부로 재단하지도 않는다. 남들이 말하는 성공이 곧 인생 성공이 아니라는 명제를 삶의 골목을 돌 때마다 확인하게 되기 때문이다.

내가 아직 내 삶을 마케팅하는 영업인이 아니라면 스스로의 본질을 뛰어넘게 만들 만큼 호된 고비가 오지 않은 것일 수도 있다. 성공을 위해 처절한 고난을 기다릴 마음이 손톱만큼도 없고, 그렇다고 실패하고 싶지도 않은 나는 이제 성공이나 실패에 대해 생각하지 않기로 했다.

내 본질이 허락하는 만큼 일을 한다. 성실히 한다. 그만그만한 결과가 나오면 내 욕구의 크기가 이만큼이라 여기며 만족하고, 운 좋게 성공하면 하늘에 감사하며 부작용은 감당한다. 이게 내 계획이다.

경험치가 쌓일수록 절감하는 것은 인생 자체가 마케팅이라는 점이다. 성공이란 자기 마케팅을 하는 노력과 유명세의 부작용을 견디는 맷집을 상당 부분 포함하는 개념이다. 외향인에 가까울수록 자기 마케팅에 대한 저항감이 적어서 그것을 감수할 가능성이 커지는 것뿐이다. 보다 저항감이 큰 내향인이 자기 마케팅을 하려면 성공 욕구가 훨씬 커야 한다.

어려서부터 몸이 약했다. 뚜렷한 병명이 있는 건 아니었지만 조금만 무리하면 앓게 되는 통에 어떤 일에건 한꺼번에 열정을 쏟아붓기가 어려웠다. 공부건 놀이건 마찬가지였다.

남들만큼 살기 위해서는 성실해야 했다. 공부나 일은 조금씩이라도 매일 했고 벼락치기를 해야 하는 상황이 생기지 않도록 미리 마쳤다. 한 시간씩 걷기 운동을 하겠다고 결심했을 때는 매일 십 분 걷기부터 시작해 조금씩 시간을 늘렸다. 한 시간을 걸을 수 있기까지 석 달이 걸렸다.

여행을 갈 때도 몇 달 전에 비행기 티켓을 사놓고 조금씩 계획을 세우는 식이었다. 계획대로만 되는 여행이란 없지만 최대한 준비해놓아야 체력 소모가 적어 여행다운 여행이 가능했다.

감정을 하루 단위로 쪼갤 수 없는 사랑이

폭풍처럼 찾아왔을 때는 그 자체만으로도 힘들었다. 시간이 지나 내 안의 화기를 적절히 안배할 수 있을 때가 되어서야 비로소 사랑이라는 것의 장점을 이해할 수 있었다.

그런데도 늘 '되고 싶은 무언가'는 있었고, 그것을 위해 노력하고 싶었다. 꿈을 위해 자신을 홀랑 태우곤 하는 흔한 서사의 주인공처럼 멋지게 젊은 날을 보내고 싶었다. 하지만 현실의 나는 좋아하는 일을 잘해내기 위해 하룻밤도 새우지 못하는 약골일 뿐이었다. 늘 극성스런 자아가 빈약한 육체에 갇혀 있다는 기분으로 살았다.

전에는 이 모든 게 단순히 약한 체력을 타고났기 때문이라고만 생각했다. 그러나 주위를 둘러보니 나보다 더 몸이 부실한 사람들도 필요할 때 내면의 에너지를 꺼내 쓰면서 잘 살고 있었다. 열정이라는 말이 꼭 건강하거나 체력 좋은 사람들만의 전유물이 아니라는 걸 그때 알았다. 아주 많은 시간이 지나서야 내가 타고난 그릇이 빈약할 뿐만 아니라 소진도 잘 되는 사람이라는 것을 알게 되었다.

내향성이 짙은 사람들이 일상인으로 살다 보면 시름시름 앓는 경우가 많다. 스스로 스트레스를 받는다고 느끼지 못해도 몸이 먼저 알아채고 신호를 보낸다. 자아를 연소시키는 기관의 효율이 낮아서 에너지원이 금방 휘발되는 것이다. 이런 사람들은 천천히 달리며 연료통을 자주 살피다가 제때 연료를 채워줘야 한다. 고속도로를 만났다고 정신없이 달리다가는 어느 순간 손쓸 새도 없이 고갈되어 대책 없이 멈춰 있어야 하는 일이 생긴다.

이런 내향인들에게 야망이라는 단어는 어울리지 않는 것 같지만, 의외로 흔히 성공이라고 부르는 상태에 근접한 사람들 중에 내향인의 비중이 절대로 낮지 않다. 전에 책을 쓰기 위해 성공한 사람들을 찾아다니며 인터뷰를 한 적이 있는데 내향인이라 할 수 있는 사람이 오히려 더 많았다. 그들의 공통점은 최종 목적지만 바라보며 최대 속도를 내는 식으로 살지 않는다는 것이었다.

'목적지를 정해놨으니 가다 보면 도착하겠지.'

그저 이런 마음으로 눈앞에 놓인 길을 조금씩이라도 부지런히 가는 모습이었다.

사실 진짜 내향인은 일 벌이는 걸 좋아하지 않는다. 새로운 일이 한꺼번에 생기는 건 생각만 해도 가슴이 답답해지기 때문이다. 하지만 작업하다가 부수적으로 벌어지는 일들은 또 어찌어찌 해결해 나간다.

이런 과정을 포기하지 않고 반복하다 보면 원하는 곳에 도착해 있는 자신을 발견하곤 하는 것이다.

출력이 높은 기관을 가진 외향인들은 단 한 번만으로도 폭발하듯 속도를 내어 멀리 나아가는 것으로 보일 수 있지만, 어차피 달린다는 건 목적지에 도착하기 위한 일이다. 내향인들이 팔순 노인이 운전하는 차처럼 달리면서 자꾸만 주유소에 들른다고 해도 가야 할 곳에 도착하면 그만이다.

누구나 성공할 필요는 없지만 자신이 원하는 빛깔의 삶을 선택해 살 수는 있어야 한다고 생각한다. 그건 제법 에너지가 드는 일이지만 동력이 약한 내향인들도 해낸다. 내향인은 성능이 좀 더 좋은 내비게이션을 가졌거나 내비게이션의 안내에 집중을 더 잘하기 때문에 종종 외향인보다 빨리 목적지에 도착하기도 한다. 확실한 점은 내향인도 원하기만 한다면 자신이 겁내는 것보다 훨씬 더 멀리 갈 수 있다는 것이다.

촛불처럼 작게 깜박거리는 것이라도 열정이라 부를 수 있다면, 그런 미미한 열정만으로도 출발과 도착이 가능한 게 삶임을 매일 새롭게 기억하고 싶다.

평생 친구도 연인도 만들지 않았고, 어머니와 스승들을 괴롭히는 심술꾼으로 살았다. 아버지의 자살을 자기 책임으로 돌린 채 낙천적인 문학가였던 어머니를 원망하며 자란 어린 시절이 그를 고립되고 음울한 염세주의 철학자로 만들었다. 당시에 가장 권위 있는 철학자였던 게오르크 헤겔을 깎아내리며 자신이 창시한 생철학을 우위에 둔 그는 근거 없는 자신감만 가진 은둔자였다.

하지만 그런 그도 사람은 다른 사람과 어울려야 한다면서 마을 사람들을 정기적으로 초대하는 만찬을 열었고, 그들과 그런대로 잘 지냈다.

헤겔보다 자신이 낫다는 궤변(?)을 늘어놓는 바람에 대학 강단에서 단번에 잘린 그는 얼마 후 유럽 정세가 바뀌면서 정말로 헤겔을 넘어서게 되었다. 다만 심장마비로 갑자기 세상을 떠나는 바람에 자기 야망이 이루어진 걸 거의 보지 못했다.

대중성을 예술과 결합시킨 팝아트의 창시자다. 독특한 예술 작품, 유명인들과의 교류, 은색 가발과 선글라스로 연출한 모습 등으로 세계의 이목을 끈 그는 설명이 필요 없는 '관종'이었다. 독보적인 예술 세계와 천재성뿐만 아니라 자기 마케팅에도 재능이 있었던 그는 살아 있을 때 이미 전설이 되었다.

그러나 그는 사실 지독히 내성적인 성격의 소유자였다. 어릴 때는 며칠이고 혼자 그림만 그리던 소년이었고, 친구들과도 거의 어울리지 못했다. 소원대로 유명해지고 나서도 그의 성격이 변한 것은 아니었다. 은색 가발과 선글라스를 착용한 것도 자신이 창조한 캐릭터 뒤에 진짜 모습을 숨기기 위해서였다고 한다. 그는 담석증 수술 후 심장마비로 사망했을 때도 은색 가발과 선글라스를 쓴 채 관에 들어가 묻혔다.

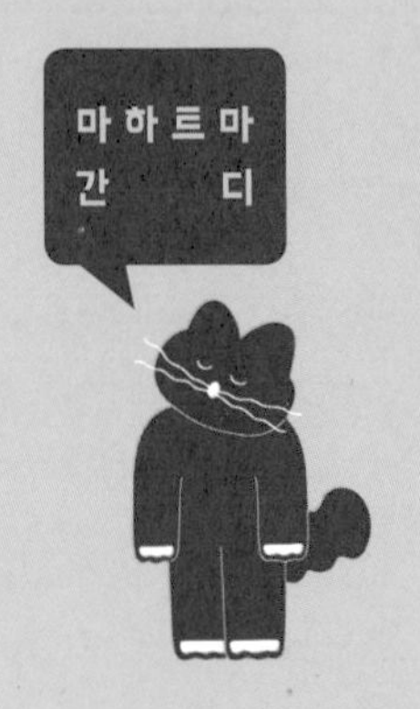

대대적인 비폭력 운동을 주도한 인물로, 지금까지도 인도 건국의 아버지로 불린다. 거대 제국주의에 대항해 인도 대륙에서 민중을 이끈 우두머리였던 그가 내성적이고 소심한 젊은이였다는 것은 상상하기 어렵다.

그러나 그는 수줍음이 많아 친구들과 잘 어울리지 못하는 소년이었다. 기껏 변호사가 되고 나서 처음으로 수임한 사건에서는 떨려서 변론조차 제대로 하지 못했다. 밥벌이하러 떠난 남아프리카에서 인도인들이 부당한 대우를 받는 것에 분노해 저항운동에 발을 들여놓으면서 그런 성격에 일련의 변화를 겪게 된다. 민족운동에 투신하고 나서도 간디는 혼자 명상과 침묵의 시간을 가질 때가 많았다.

전설적인 영국 록그룹의 리드 싱어인 프레디 머큐리는 독특한 퍼포먼스로 유명하다. 가벼운 몸놀림으로 무대를 누비며 수만 관중을 들었다 놨다 하는 그의 모습에서 내향인의 모습을 찾는다는 것은 매우 어려운 일이다. 그러나 그의 생존한 주변인들은 그가 몹시 내성적인 사람이었다고 증언한다.

공식 활동을 하지 않을 때는 혼자 틀어박히기 일쑤였고 언론과의 인터뷰를 몹시 힘들어했다. 또 무대 위에서의 강력한 남성적 모습과는 달리 실제로는 섬세한 감수성을 가진 인물이기도 했다. 혼자만의 세계에서 예술적 영감을 받고, 그것을 대중에게 표현하기 위해 무대에서만 에너지를 폭발시켰던 그는 필요한 상황에서만 사회성 버튼을 누른 대표 인물이라고 할 수 있겠다.

Chapter 3
있는 그대로의 나를 있는 그대로

고양이와 궁합이 맞는 이유

한때 내가 가장 이해할 수 없는 사람들이 고양이를 키우는 이들이었다. 워낙 동물에 익숙하지 않기도 했지만, 최소한 개는 함께 하는 이유가 분명해 보였다. 나에 대한 무한한 애정을 오롯이 표현해주는 존재 하나쯤 곁에 둔다는 건 멀찍이서 보기에도 매력적인 일이었다.

그런데 고양이는 사람을 그다지 따르지 않는 영역 동물이라 들은 데다가 그 행동도 음침한 것이 영 비호감이었다. 쥐를 잡을 일이 없어진 사람들이 왜 저 냉정한 동물과 굳이 생활을 공유하려 하는지 알다가도 모를 일이었다. 그런 내가 어찌어찌 고양이 한 마리를 키우게 되면서 이 시각은 극단적으로 바뀌었다.

"왜 고양이를 키우지 않는 거지?"

가끔 지인들의 개와 만나거나 하면 두말할

나위 없이 귀엽다. 하지만 개 특유의 격렬한 애정 표현에 맞닥뜨리면 바로 하루치 에너지가 바닥나는 느낌이다. 그 사랑과 반가움에 충분히 보답할 수 없는 나는 죄책감을 느낀다. 개와 함께하는 삶을 여러 번 상상했지만 내게는 무리인 것 같다는 결론에 도달할 뿐이었다.

온 존재를 걸고 주인을 사랑하는 그 맹목성이라니.

나를 향한 관심을 일부라도 돌려주려면 끊임없이 상호작용을 해야 할 텐데 나는 그럴 자신이 없다. 자격 미달인 나는 산책하는 개들을 멀리서 바라보며 세상의 모든 귀여운 존재가 발산하는 간질간질한 감정을 즐길 뿐이다.

고양이는 고요하고 느긋하다. 먹는 것, 싸는 것, 씻는 것에 웬만해서는 사람 손을 빌리지 않는다. 하루에 열여섯 시간씩 자면서 알아서 생활한다. 주인인 내게 영 심드렁해 보이면서도 항상 따라다닌다. 내가 거실에 있다가 서재로 가서 일하면 어느새 따라와 책장에 올라가 자는 식이다. 그러다 내가 볼일을 끝내고 좀 한가하게 움직이는 것으로 보이면 그제야 알은척을 하며 '야옹' 한마디 건네기도 한다. 서로를 최소한으로 자극하면서 함께 있는 방식이 나를 닮아 있다고 느낀다.

내성적인 이들의 소통 방식이 그렇듯, 고양이와의 교감은 더욱 집중적이고 내밀하다. 가장 가까운 한두 사람에게만 애정을 표현하고, 다른 사람이 함께 있는 상황에서는 그마저도 거둔 채 주인과 내외하는 게 고양이다. 개 못지않게 친밀하고 달콤하지만 애정 표현 자체는 은근하고 조용하다.

혼자 보내는 시간에 온전히 집중할 수 있어야 함께할 힘을 얻는 나는 고양이가 가장 이상적인 룸메이트임을 느낄 때가 많다. 하루의 대부분 동안 각자 나름의 사생활을 즐기다가 종종 눈을 마주치면 반가워하는 소통 방식이 서로의 마음에 든다. 소울 메이트하고나 가능하다는 '따로 또 같이'의 공존 방식이 이 녀석과는 그리 어렵지 않은 일이 되는 것이다.

무엇보다 마음에 드는 점은 고양이는 내게 잘 보이기 위해 싫은 것을 참지 않는다는 사실이다. 안겨 있기 불편하면 몸부림쳐서 품을 박차고 나가며 억지로 훈련을 받으려 하지도, 간식을 위해 마음에 없는 애교를 부리지도 않는다. 예민한 인간으로 태어나서 신경 곤두서는 일을 더는 만들고 싶지 않은 내게, 그건 아주 고마운 일이다.

내게 신경 쓰는 상대가 내 행복을 위해 고통을 참지는 않는지 알기 위해 나 또한 한 겹 없어 신경 쓰고 살펴야 하는 관계는 인간끼리만으로도 족하다. 고양이가 말을 할 수 있다면 가장 많이 할 말이 '나는 괜찮아. 내가 알아서 할게'가 아닐까.

직업 특성상 대부분의 시간을 혼자서 보내는 나는 작업이 길어지면 서재나 작업실을 빠져나와 카페로 향하곤 했다. 필연적으로 혼자여야 하지만 마냥 혼자인 것은 외롭고 고립감이 들기 때문에 '나를 방해하지 않을 타인들'과 섞이기 위해 카페라는 장소를 택한 것이다. 그런데 고양이와 함께 살고 나서부터는 더는 그러지 않는다. 녀석이 내가 낯선 이들 사이에 있으면서 얻으려던 것들을 주기 때문이다. 누군가가 카페에서 글을 쓰는 나를 발견한다면 이젠 외로움 때문이 아니라 도저히 집에서 글이 쓰이지 않아 환경을 바꿔보려 몸부림치고 있는 것이리라.

삼 년 넘게 동거하고 있는 고양이를 가만히 들여다보면 내가 미처 찾아내지 못했던 나의 다른 면을, 혹은 나처럼 내성적인 다른 사람들을 이해하게 된다. 내성적인 이들은 선뜻 세상에 먼저 손 내밀기 어려워하는 자신을 이해하지 못하는 외향인들에게 이질감을 느끼지만, 정작 동류들과도 쉽게 친해지지 못한다. 관계란 어느 누구라도 다가서야 성립되는 것인데 둘 다 내성적이라면 거리를 좁히는 데 시간이 걸리기 때문이다. 대신 상대적으로 덜 내성적인 쪽이 자연스럽게 적극적으로 굴게 된다. 그래서 고양이와 함께 있을 때 나는 좀 더 외향적인 사람이 된다.

고요를 공유하며 그 안에서 일어나는 공기의 파장만으로도 충분히 서로의 존재를 의식할 수 있다는 것. 그건 너무나 매력적인 일이다.

혼자 보내는 시간에 온전히 집중할 수 있어야 함께할 힘을 얻는 나는 고양이가 가장 이상적인 룸메이트임을 느낄 때가 많다. 각자 사생활을 즐기다가 종종 눈을 마주치면 반가워하는 소통 방식이 서로의 마음에 든다. 소울 메이트하고나 가능하다는 '따로 또 같이'의 공존 방식이 이 녀석과는 그리 어렵지 않은 일이 되는 것이다.

저녁 약속을 잡지 않는 이유

사람들과 만나 어울릴 때는 주로 점심 약속을 잡는다. 일 때문일 때는 말할 것도 없고 지인들과의 친밀한 만남일 때도 그렇다. 상대가 저녁 시간만 낼 수 있거나, 술을 마시자는 약속이 단단할 때가 아니면 웬만하면 낮에 보자고 청한다. 저녁에 누군가를 만나는 일이 적지 않게 부담이 되기 때문이다.
단순히 피곤해서가 아니다. 바로 '사람'이라는 자극이 휴식의 영역인 밤 시간을 침범해서다.

신경이 예민하기 마련인 내향인은 세상이 주는 자극 중 가장 강렬한 것이 사람임을 안다. 다른 자극들은 일방적으로 들어오는 것이고, 내가 피로해지면 차단하면 그만이지만 사람만은 그렇지 않기 때문이다. 주는 것과 받는 것, 두 가지 자극이 동시에 이루어지기 때문에 두 배로 피곤하다. 소통하는 사람의 수가 늘어나면 자극은 몇 배수로 커진다.

사람이라는 엄청난 자극을 밤늦게까지 받으면 그날 밤에는 제대로 잠을 자지 못한다. 신경이 온통 곤두서고 그 흥분이 잠자리까지 이어져 잠을 방해하는 것이다. 그래서 낮에 만나고 헤어져 혼자 가라앉는 시간이 필요하다.

만약 저녁 모임이 아주 재미있었거나 새롭고 흥미로운 사람을 만나기라도 했다면, 그날 밤 잠은 다 잔 거라고 보면 된다. 커피 열 잔을 마신 것처럼 심장이 빠르게 뛰고 좀 전에 나누었던 대화를 자꾸 곱씹게 된다. 저녁 시간에 인상적이었던 장면들은 머릿속 영화관에서 계속 재생된다. 그러다가 기어이 잠 때를 놓치게 되는 것이다. 이렇게 하루 잠을 설치면 며칠은 후유증에 시달리는 게 수순이다.

나는 주로 낮에 글을 쓰기 때문에 저녁 시간을 이용하는 편이 시간 활용 면에서는 나은데도 차라리 한나절 작업을 포기하는 게 멀리 보면 효율적일 정도다.

이럴 때 어느 정도 도움이 되는 것이 모두들 잘 알다시피 알코

올이다. 적당한 술기운은 교감신경을 억제해 덜 예민하고 덜 피곤하게 해준다(여기서는 '적당한'이라는 말이 중요하다). 한동안 나는 왜 술 없는 저녁 모임에만 참석하면 더 녹초가 되는지 이해하지 못했다.

그래서일까. 내성적인 사업가들 중에는 술이 들어갔을 때에만 본격적인 일 이야기를 하는 사람이 꽤 있다. 술자리에서 제안이나 깊은 이야기가 오가고, 정신 맑은 대낮에 실무 선에서 정리만 하는 식이다. 예전에는 이런 방식을 상대를 무장해제하려는 전략으로만 이해했는데, 이제 와서 알고 보니 상대보다 자신을 위한 것이었다. 사람과의 소통이라는 엄청난 자극으로부터 둔감해지고 설득의 긴장과 거절의 두려움까지 희석하려는 씁쓸한 시도인 것이다.

그러다가 알코올중독에 준하는 상태에까지 이른 사람들도 종종 봤으니 이걸 노하우라고 생각하는 내향인은 부디 없기를 바란다. 이런 이들 중에는 맨정신으로는 거의 대화가 안 되는 사람도 상당수다. 술에 의존하기보다는 필요할 때마다 '사회성 버튼'을 눌러 본성에서 벗어나는 연습이 되어 있는 사람들이 자신을 지키면서 결과를 내는 것을 더 자주 목격하게 된다.

저녁 약속은 내게 묘한 양가감정을 느끼게 한다.

사실 이렇게 자극을 받는다는 것이 나쁘기만 한 일은 아니다. 혼자 글을 쓰면서 일상을 사는 내게 약속이란 그 자체로 삶의 이벤트다. 앙투안 드 생텍쥐페리의 『어린 왕자』에 등장하는 여우가 "네가 오후 4시에 온다면 나는 3시부터 행복해질 거야"라고 했다면, 나는 최소 하루 전부터 설렌다. 저녁 약속이라고 해서 그 설렘이 덜한 건 아니다. 하지만 피치 못할 사정으로 약속이 취소되면 그건 또 그것대로 좋다. 기대하지 않았던 편안한 저녁 시간을 보낼 수 있다는 안도감에 두 배는 더 안온한 시간을 보내는 것이다.

내향인이 아니라면 이해할 수 없을 모순이다.

내 안의 모순을 이해하지 못해 이 생래적인 피로감을 억누르거나 방치한 시절이 있었다. 그때는 만남 후 돌아오는 길에 때때로 까닭 없이 공허해지는 이유 역시 알지 못했다. 지금 생각하면 그건 만남에서 얻은 것이 내가 잃은 것에 미치지 못한 데 대한 실망감이었던 것 같다. 외향인은 만남을 통해 잃는 것이 없어 기대도 깊지 않다.

무작정 응했던 과거보다는 잃는 것과 얻는 것에 대한 균형을 의식하여 조절할 수 있게 된 지금, 오히려 만남들이 가치 있게 느껴진다.

이번 주는 건너뛰고 다음 주쯤 약속이 잡혀 있다. 지금 나는 일주일 동안 설렘 준비가 되어 있다.

신경이 예민하기 마련인 내향인은 세상이 주는 자극 중 가장 강렬한 것이 사람임을 안다. 다른 자극들은 일방적으로 들어오는 것이고, 내가 피로해지면 차단하면 그만이지만 사람만은 그렇지 않기 때문이다. 주는 것과 받는 것, 두 가지 자극이 동시에 이루어지기 때문에 두 배로 피곤하다. 소통하는 사람의 수가 늘어나면 자극은 몇 배수로 커진다.

TV를 틀어놓는 일이 거의 없지만 무언가를 보고 싶을 때는 범죄 수사물을 볼 때가 많다. 시반(屍斑, 사후에 심장박동이 정지되면 중력으로 혈액이 몸의 아래쪽 모세혈관으로 침강해 그 부분이 착색되어 나타나는 것), 루미놀(luminol, 혈흔 감식에 널리 쓰이는 질소화합물), 강선(腔綫, 총신 내부에 나선형으로 판 홈. 발사된 탄환을 현미경으로 조사하면 어떤 총에서 발사됐는가를 알 수 있으므로 탄환의 강선 자국을 '총기의 지문'이라고도 한다) 같은 용어들을 쓸데없이 알고 있는 게 다 그 탓이다.

특히 미국 수사물 시리즈를 자주 보는데 종종 내가 보고 있는 것을 어깨 너머로 본 지인들이 기함을 하곤 한다. 우선 웬 희생자들이 그렇게 다양하고 끔찍하게 죽는지에 놀라고, 그다음으로 그런 것들을 재미있게 보는 내 모습에 다시 놀란다. 내가 서정적인 드라마를 즐겨 볼 것 같은 사람이라는

게 중론이다. 자극적인 것을 싫어하는 내향성 인간형에게 범죄 수사물은 어울리지 않아 보이나 보다.

하지만 그들이 간과한 사실이 있다. 일단 문화 상품으로 만들어지는 이야기에는 전부 일종의 자극이 있고, 그 자극 지점이 정서가 아니라 사건이 될 때 그나마 후유증이 덜하다는 걸 말이다.

수사물은 대개 시체가 발견되는 장면에서부터 시작된다. 초반에 범죄 장면을 보여주기도 하지만, 사건에 대한 암시만 할 뿐 희생자의 인생을 보여주지는 않는다. 다시 말해서 희생자는 시청자인 나와 아무런 정서적 유대 관계가 없다. 여기서 범죄는 일종의 수수께끼만 던져줄 뿐이어서 내가 희생자의 죽음을 함께 슬퍼하며 마음고생을 하지 않아도 된다.

이처럼 일정한 거리를 둔 경우라면 아무리 처참한 시신이나 잔해가 등장해도 괜찮다. 끔찍한 일을 대면하고도 동요 없이 자기 일을 태연히 하는 주인공들의 태도는 오히려 안도감마저 준다. 그들의 건조함은 이런 무서운 일들이 나와 아무 상관 없는 이야기일 뿐이라고 당부하는 것만 같다.

내가 정말 잔인하다고 느끼는 것은 훼손된 시체와 같은 결과물이 아니라 잔뜩 감정이입한 주인공의 친구가 극중에서 죽어버리는 따위의 설정이다. 그래서 같은 수사물이라도 상대적으로 감정적 거리가 가까운 '국산'은 좀 더 마음이 편할 때에만 보는 편이다.

질 좋은 문화 상품이란 대개 그것을 향유하는 사람들을 사로잡고 몰입시킬 수 있는 매력을 지녔음을 뜻한다. 깊이 끌어들일수록 찬사를 받는다. 하지만 일단 마음이 열리면 대책 없이 빠져드는 사람들은 감정의 중심으로 밀고 들어와 칼을 꽂는 이야기꾼에게 무방비하다. 적당히 감정을 즐기고 재빨리 빠져나오는 데에 취약하다. 그것들은 인생의 어떤 진실을 알려주지만 그게 내 삶에 무슨 득을 주는지는 헷갈릴 때가 많다.

그에 비하면 언뜻 잔혹해 보이는 범죄 수사물의 세계는 단순하고 공정한 유토피아다. 사건이 일어나고, 범인은 잡힌다. 흥미를 유지하게 만드는 인간적 갈등 요소는 사건 자체가 대신한다. 살인이라는 절대적 죄를 다루면서도 인간 본연의 가장 끔찍한 면면을 파헤치지는 않는다.

비인간적인 사건 앞에서도 인간성을 잃지 않고 의연한 수사관들은 끊임없이 내게 괜찮다는 메시지를 보내는 것 같다.

'아무리 악의가 넘쳐나는 세상이라도 한 발짝 물러서서 보면 괜찮아.'

어쩌면 나는 가끔 삶에서 분리되고 싶어서 수사물에 집착하는지도 모른다.

어찌 된 일인지 초등학교 때부터 인생이 피곤하다고 느꼈던 나는 유독 셜록 홈스 전집에 매료됐다. 책과 도서관이 귀하던 때라 직접 사서는 못 보고 원장 선생님의 눈총을 견디며 피아노 학원 책꽂이에 매달려 읽었더랬다. 사건에 압도되지 않고 서서히 장악해나가는 홈스는 세상이 마냥 두려웠던 꼬맹이의 바래지 않는 분신이었다.

조금은 더 용감해졌을 수도 있겠지만 아무리 나이를 먹어도 나는 겁나는 게 많다. 그래서 세상에서 가장 무서운 것, 즉 죽음 앞에서도 농담을 던질 수 있는 배짱 두둑한 분신이 필요한지도 모르겠다.

삶이라는 거대한 수수께끼의 무게가 느껴질 때면 나는 선혈 낭자한 사건 현장 앞에 묵묵히 선 드라마 속 수사관처럼 분리된 시선으로 주변을 보기로 한다.

현장은 심정으로 뭉뚱그려보면 처참한 사건의 흔적이지만, 잘게 쪼개면 물질이고 증거다. 현실에서 나를 힘들게 하는 일들도 그렇게 수사관의 눈으로 보면 제법 견딜 만해지기도 한다. 아무리 즉물적인 서사라 해도 누군가는 그 안에서 구원을 찾을 수 있는 일이다.

생각난 김에 오늘은 일을 일찍 끝내고 전에 보던 수사물의 최근회를 찾아봐야겠다. 부검하는 장면을 숨죽여 보며 맥주를 마시던 즐거움을 한동안 잊고 있었다.

언뜻 잔혹해 보이는 범죄 수사물의 세계는 단순하고 공정한 유토피아다. 사건이 일어나고, 범인은 잡힌다. 흥미를 유지하게 만드는 인간적 갈등 요소는 사건 자체가 대신한다. 살인이라는 절대적 죄를 다루면서도 인간 본연의 가장 끔찍한 면면을 파헤치지는 않는다. 비인간적인 사건 앞에서도 인간성을 잃지 않고 의연한 수사관들은 끊임없이 내게 괜찮다는 메시지를 보내는 것 같나.

왜 실연한 조연은 외국으로 떠날까?

여기 로맨스 드라마에서 필수 구도인 삼각 관계가 있다. 두 여자가 한 남자를 좋아할 수도, 두 남자가 한 여자를 좋아할 수도 있다. 때로는 양쪽 다인 경우도 있다. 어쨌든 필연적으로 두 남녀 주인공이 맺어지고 연적이었던 조연들은 밀려나는데, 꽤 많은 경우 그들은 해외로 나가면서 사라진다.

그건 주요 러브 라인의 결실을 단단히 못 박는 상징이기도 하지만 또 다른 의미도 있다. 비록 조연이라 사랑을 쟁취하지는 못했지만 이 나라에서 못 볼 꼴 보지 말고 외국에 나가서 시간을 보내며 스스로를 달래라는 시청자의 배려를 대변하는 것이다. 외국으로 나간다는 것, 여행을 한다는 것은 일반적인 의미에서 기분 전환이나 휴식을 의미하니까.

하루는 드라마에서 실연을 하고 비행기를 타는 조연을 보다가 문득 이런 생각이 들었다. 만약 내가 저 기분이라면 정말 비행기를 타고 낯선 곳으로 가고 싶을까?

생각만 해도 끔찍했다.

내게 여행이란 나쁜 기분을 바꾸기 위해 가는 것이 아니다. 가장 건강하고 기분이 홀가분할 때 더 좋은 것을 얻으러 가는 것이다.

언뜻 생각하면 완전히 새로운 환경이 지난 나쁜 경험을 잊게 해 줄 것 같지만 마냥 그렇지만은 않다.

오래전 마음에 상처를 입고 나를 달랠 방법을 찾던 중 혼자 여행을 떠난 적이 있었다. 내키지 않았지만 막상 떠나면 괜찮을 거라는 생각에 용기를 냈다. 그러나 그렇게 떠난 여행길은 위로는커녕 더 큰 괴로움만 주었다. 입국장에서부터 받은 인종차별이 평소보다 서러웠고, 곳곳에 도사린 돌발 상황들은 당연한 이벤트가 아닌 고난으로 느껴졌다. 낯선 곳에 가 있는 내내 힘들기도 했지만, 다녀와서는 그 후유증과 달라지지 않은 현실을 동시에 감당하느라 더 괴로웠다.

새로운 환경에 적응하는 데에는 스트레스를 감당할 수 있는 내면의 힘이 필요하다. 그런데 실연 따위의 일들로 이미 고갈된 상태라면 가벼운 시행착오에도 몇 배의 스트레스를 받는다.

외국에 가도 우리는 비슷한 일상으로 대부분의 시간을 보내게 된다. 지구 반대편으로 날아가 코스타리카 커피를 마셔도 카페에서 헤어진 연인과 함께했던 장면이 떠오를 수 있고, 북극에서 오로라를 봐도 지지리 추위를 타던 그의 구스다운 실루엣이 떠오를 수 있다. 지구를 떠나 무중력 상태의 우주정거장에서 거의 완벽하게 다른 일상을 살면 좀 잊을 수 있을까.

도파민이 분비될 때의 자극을 좋아하는 외향인이라면 새로운 자극과 모험이 과거의 슬픔을 잊는 데에 어느 정도 도움이 될 수도 있다. 그러나 안정된 상황에서의 행복감에 더 긍정적인 쾌감을 느끼는 내향인에게는 여행이라는 자극이 더 큰 고통을 안길 수도 있는 일이다.

어쩌면 우리에게 필요한 것은 '그것으로부터 떠난다'라는 상징적인 의식일 수도 있다. 그렇다면 꼭 새로움에 대한 압력이 가득한 낯선 곳으로 도망치듯 떠날 필요가 있을까 싶다.

나는 기억에서 지우고 싶은 일이 생기면 내 익숙한 자리에서 변화를 시도해본다. 내가 가장 자주 사용하는 방법은 물건을 내다 버리는 것이다.

사소한 스트레스일 때는 필요 없는 서류나 써지지 않는 필기구를 정리하고 더 나아가면 옷가지를, 인생이 흔들릴 만한 스트레스와 맞닥뜨리면 가구를 버리기 시작한다. 물론 아무거나 버리는 것이 아니라 내게 필요한 최소한의 것만 남기는 모험을 하는 것이다.

때로는 한 번도 느껴보지 못한 미각을 경험하기 위해 맛집 투어를 하기도 하고, 때로는 반대로 운동과 소식(小食)으로 몸무게를 덜어내기도 한다.

잊고 싶어서 떠나는 거라면 내가 있는 곳에서 떠나는 게 아니라 '나'를 떠나야 한다. 어떤 사람에게는 여행이라는 물리적 떠남이 도움이 될 수도 있겠지만 전형적인 내향인인 내게는 아니다.

여행이라는 소중한 경험 투자는 고생을 사서 하고 싶을 만큼 힘이 있을 때 하고 싶다.

가장 빠른 시간 내에 행복해지기 위해 어떤 일이 일어나면 좋겠냐고 물으면 꽤나 많은 사람이 복권 당첨이라고 대답한다.
하지만, 정말 그럴까?
나는 여기에 아니라고 대답할 생각이 없다. 그러나 적어도 내성적인 사람에게는 그렇게 충격적으로 좋은 소식이 마냥 행복과 직결되지는 않는 지점이 있다는 것만은 알겠다.

내 삶에도 충격적으로 좋았던 몇몇 장면이 있다. 내 책이 중국에서 베스트셀러가 되었다는 소식을 처음 접하고 초청을 받았을 때, 내성적이어서 초등학교에 적응할 수 있을까 걱정이었던 딸이 야무지게 발표하는 모습을 처음 봤을 때 정도가 가장 먼저 떠오른다. 전자와 후자가 동급이라는 게 의아하기는 하지만, 어쨌든 당시의 감정 하나만

볼 때는 그랬다. 짝사랑하던 남자에게서 느닷없이 고백을 받았던 장면이 있다면 추가해볼 만한데 안타깝게도 그런 일은 꿈에도 없었다.

이런 일이 생기면 가슴 벅차게 마냥 좋을 것 같지만, 이 '가슴 벅차게'라는 말에 함정이 있다. 심장이 빨리 뛰고 에너지 음료를 양동이로 퍼마신 것 같은 기분이 든다. 어떤 일도 손에 잡히지 않고, 그렇다고 가만히 있기도 힘들다. 온 신경이 흥분되어 안정이 되지 않는 것이다. 잔뜩 예민해져 날뛰던 감정은 곧 두통으로 이어지고, 끝내는 기분이 나빠지고 만다.

"아니, 내가 지금 이럴 상황이 아닌데?"

이러면서도 묘하게 불행한 기분으로 어리둥절 그 시간을 보내게 되는 것이다.

오히려 행복은 충격적으로 좋은 일이 일어난 지 한참 후에 찾아온다. 그 일의 영향으로 좋은 결과물을 조금씩 체감하게 되거나 멀찍이 물러선 입장에서 곱씹을 때 비로소 행복감을 느끼는 것이다.

흔히 우리는 절정의 시절을 보내고 내려선 유명인들이 쓸쓸한 시간을 보내고 있을 거라고 짐작하곤 한다. 그러나 실제로 제야에

묻혀 사는 과거의 유명인들을 만나면 의외로 전보다 만족스러운 시간을 보내고 있다는 걸 알게 될 때가 많다. 한번은 자기 분야에서 최고 자리까지 올라가본 유명인이 이런 말을 하는 걸 듣고서 생각이 깊어졌다.

“최고가 되어봤잖아요. 그때는 몰랐는데 그걸 해본 기억이 있다는 건 정말 끝내주는 거예요. 남들이 한물갔느니 어쩌니 해도 저는 지금이 참 좋아요.”

충격적으로 좋은 일을 그 자체로 행복의 감정으로 누릴 수 있는 사람은 그리 많지 않을지도 모른다. 지금 이 순간 우리가 우러러볼 만큼 높이 올라가 별처럼 빛나는 사람들조차 말이다.

물론 그런 일들이 일어나주면 고맙겠지만, 행복해지기 위해서 충격적으로 좋은 일들이 꼭 필요한 것은 아니다. 최고를 누린 이들마저 그 충격파가 지나간 후 일상으로 돌아와서야 행복감을 느낀다면, 우리가 발을 딛고 서 있는 현재의 일상에서도 행복은 가질 수 있는 것 아닐까. 더구나 내면이 외부 환경의 변화에 민감하게 조응하는 내향인은 더욱 그럴 것이다.

크게 기쁜 일에서 떨어져 나온 부스러기 같은 일상에서 도리어 행복감을 느낄 인간형이라면 그게 없는 일상에서도 행복을 길어낼 수 있을 법하다.

가장 행복한 순간이 언제냐고 누군가가 물었을 때 이렇게 대답한 적이 있다. 점심을 먹고 난 이른 휴일 오후, 가족과 모여 앉아 커피를 마실 때라고. 내게 행복의 풍경은 산사태 같은 행운이 덮쳤을 때가 아닌 일상의 장면인 것이다.

이를 깨닫는다는 건 꽤나 효율적인 일이다. 일생에 한두 번 있을까 말까 한 순간만 기다리며 적당한 행복감을 미루기에는 삶이 너무나 아깝다.

내 삶이 지루해 보이나요?

휴일이면 집에서 책이나 읽는 젊은 여자가 있다. 그러다가 어느 날 자신과 전혀 다른 일탈의 삶을 사는 친구를 만나게 된다. 그를 따라 새롭고 신나는 경험을 한다. 이 일을 계기로 여자는 새로운 자아를 발견해 밝은 세상으로 나아간다.
어디서 많이 본 이야기 같지 않은가?

혼자 있기를 좋아하는 '루저'들을 다루는 시나리오에는 일정한 클리셰가 있다. 내성적인 사람이 소심해서 재미있는 삶에 끼지 못하다가 구원자 역할의 신비한 외향인 덕분에 해방감을 느끼게 된다는. 특히 내성향을 사회 부적응 인자라고 규정짓곤 하는 미국의 정서가 묻어 있는 할리우드산 이야기가 그렇다.
그런데 말이다, 내향인은 자신을 벗어날 용기가 없어서 마지못해 심심한 삶 속에 갇혀 사는 게 아니다. 사람들이 심심하고 무료해 보인다고 느끼는 바로 그 삶 안에서도 충분히 재미를 느낄 수 있으니 그렇게 사는 거다. 누가 구해줘야 할 만큼 비참한 삶을 사는 게 아니라는 이야기다.

고백하자면, 나는 '심심한' 기분을 느껴본 적이 거의 없다. 어린 시절에 곧잘 백일몽에 사로잡히곤 했던 나는 차를 오래 타거나 혼자 먼 길을 걸어야 할 때도 지루할 틈이 없었다. 시장 초입에 있는 작은 아파트에 살았을 때는 창가에 엎드린 채 밖을 내려다보며 서너 시간씩 사람 구경을 했다. 아무 일이 일어나지 않아도 세상은 꿈틀대며 흐르고 늘 나를 흥미롭게 했다.

어른이 되어서도 마찬가지였다. 함께 어울리던 친구 하나가 술과 춤으로 대변되는 밤의 세계에 들어가보자고 재촉했다. 그 말을 들어보면 그래야 멋지고 유행에 뒤지지 않는 삶을 사는 주류에 합류해 후회 없는 젊음을 만끽할 수 있을 것만 같았다.

그러나 막상 가보니 사람들이 모여 춤추는 곳들은 맥락 없이 자극만 가득한 장소였다. 공간은 극대화된 빛과 소리, 탁한 공기로 꽉 차 있고 함께 간 사람들과의 대화는 불가능했다. 아마 그때 성인이 된 후 처음으로 '심심하다'고 느꼈던 것 같다.

비슷한 이유로 나는 일상 수준의 자극을 훨씬 뛰어넘는 체험을 자처하는 이유에 그다지 공감하지 못한다. 공포 영화 보기, 번지점프, 스릴 넘치는 놀이 기구 타기, 익스트림 스포츠 등이 짜릿해서 좋다는데 그런 강력한 자극의 필요성을 못 느끼는 것이다. 그냥 살아도 위험과 자극이 넘치는 세상에서 왜 굳이 그런 임사 체험을 하려 드는지 고개를 갸웃하게 된다.

내게 일상을 벗어난 자극이란 이런 것이다.

평소 안 먹던 메뉴를 먹어보는 것.

어렵지만 친해지고 싶은 사람에게 메시지를 먼저 보내보는 것.

화려한 옷을 입어보는 것.

마주치는 사람들에게 친절을 베풀어보는 것.

여행. 어떤 것이건 그냥 여행.

……

이 정도만 생각해도 벌써 아드레날린이 솟구치는 것 같다.

단조롭게 사는 것처럼 보이는 내향인이 실은 더 재미있게 살고 있을 가능성이 높다. 일상의 사소한 자극에 감응하지 않는 외향인은 이벤트나 성취를 통해서만 재미를 느끼지만, 내향인은 재미의 역치가 훨씬 낮기 때문에 더 작은 수고로도 즐거움을 경험할 수 있기 때문이다. 실제로도 내향인은 쉬고 있을 때조차 뇌 활동이 활발하다고 한다.

삶의 이벤트를 쉴 새 없이 만드는 사람들을 보면 '저 사람 참 재미있게 사네' 하고 부러워하면서도 실은 그대로 따라 할 능력이 생긴다 해도 거기에 만족할 수 없는 성격 유형이 있다는 것이다.

내가 보다 자극이 큰 일이나 새로운 일에 도전하는 건 그 자체가 즐거워서라기보다는 더 나은 사람이 되기 위해 필요한 일이라고 생각해서다. 그래서 최대한 반동이 덜 느껴지도록 천천히 조심스럽게 움직인다. 밖에서 보기에는 움직이는지조차 의심스러울 정도로 미미하지만 나름대로 거대한 모험을 하고 있는 달팽이처럼.

B

저는 온라인 강좌로 그림 그리기를 배우고 있어요. 학원에 다니면서 시간과 체력을 쓰거나 하지는 못하고 선생님에게 부끄러울 일도 없어서 부담이 없어요. 그림을 완성할 때마다 SNS에 올리기도 하는데 뿌듯해요.

H

다육식물을 키워요. 공간을 조금만 차지할 뿐만 아니라 너무 귀엽거든요. 회사에 다니느라 집을 오래 비울 때가 많고 체력이 부족한 저한테 반려동물은 무리예요. 은근히 까다롭고 자라는 속도도 느리지만, 제가 관심을 주는 만큼 오래 살고 운 좋으면 꽃도 볼 수 있어요.

내성적인
사람들의
소 소 한
재밋거리

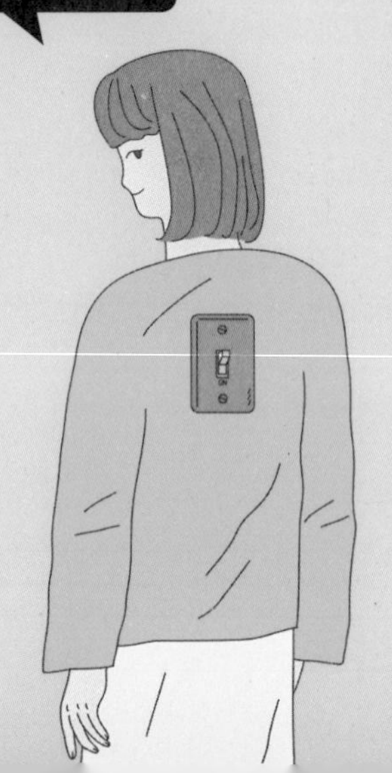

M

웹 공간에 필명으로 소소하게 글을 올려요. 원래 글쓰기를 좋아했는데 남에게 보여주는 건 부끄러웠거든요. 다른 직업이 있기도 하고 글 쓰는 실력이 검증된 것도 아니어서 시간 나는 대로 소설을 써서 정기적으로 올리고 있어요. 반응이 폭발적이지는 않지만 제 글을 좋아해주는 분들이 있다는 게 놀랍더라고요. 소설을 완성해서 완결된 작품을 가지는 게 목표예요.

J

너무 평범하게 보일지도 모르지만, 독서요. 요즘에는 책들을 너무 안 읽어서 의외로 책을 많이 읽는 게 특이해 보이기도 하던데요. 특히 저는 좀 깊고 어려운 책도 제법 찾아보는 편이에요. 책을 읽으면 사회생활을 하면서 힘든 마음이 위로받는 느낌이에요. 이해의 스펙트럼이 넓어지면서 제가 힘들게 느끼는 일들의 이면을 알게 되거든요. 요새 저는 며칠 동안 아무것도 하지 않고 오로지 책만 읽는 게 소원이에요.

나를 너무 챙겨주지 마세요

누군가와 식사하는 상황이다. 상대는 내가 움직이기 전에 재빨리 수저와 냅킨을 준비해주고 물도 따라준다. 식사를 하는 내내 내가 좀 잘 먹는 것 같은 음식은 자리를 바꾸어 내 앞으로 밀어놓고, 내 취향의 반찬이 거의 떨어지면 눈치 빠르게 점원을 불러 그릇을 다시 채워준다. 국을 다 먹어가면 어느새 건더기도 풍성하게 내 개인용 그릇에 덜어주고 있다.
여기서 나를 세심히 배려하는 사람은 외향인이기 쉬울까, 아니면 내향인일 가능성이 높을까?

아무래도 타인의 감정에 예민한 내향인이 배려도 잘하겠지 싶지만 일상에서는 좀 다르다. 이렇게 서슴없이 세심한 배려를 하는 건 대개 외향인에 가까운 사람들이다. 내향인은 보통 사람이 배려라고 의식하기 어려운 '소극적인 배려'에 더 능하기 때문이다. 모든 외향인이 '적극적인 배려'를 잘한다는 것이 아니라, 배려하기로 선택한 사람들의 태도가 이런 유형으로 나타난다는 뜻이다.

위의 식사와 같은 상황에서 나는 배려해주는 상대에게 좋은 인상을 받는다. 그만큼 나를 생각하는구나 싶어 고맙기도 하다. 아니, 황송하다. 그러나 한편으로는 배려가 더해질수록 마음속에서 폭풍이 일기 시작한다.

상대가 일일이 내 식사에 관여하며 챙겨줄 때면 온 신경이 혀가 아니라 상대의 손에 쏠린다. 그가 분 단위로 내게 무언가를 해준다는 건 내가 먹는 모습을 내내 의식하고 지켜본다는 뜻이다.

여자치고 많이 먹는구나, 고기를 좋아하는구나, 국은 건더기만 먹는구나…….

그의 인식 범위에 나의 먹는 행위가 포함되고 기록되는 게 거북하다.

다른 한편으로는 배려를 받기만 하는 내가 너무 무례한 게 아닌가 하는 걱정까지 고개를 들기 시작한다.

내향인은 좋은 일을 해주는 것보다 불편한 일을 하지 않도록 해주는 게 더 나은 배려라고 느낀다. 내가 불편하니 상대도 그럴 것 같아 최소한의 배려만 하는데, 상대가 적극적인 배려의 태도로 나오면 저 사람은 저런 걸 좋아하는구나 싶어 태세를 바꾸며 우왕좌왕하게 된다.

나도 저 사람을 챙겨줘야 하는데 뭘 어떻게 해야 하지?

그렇게 상대의 행동을 어설프게 따라 하다 보면 어느 순간 묘한 기분에 휩싸인다. 이건 상대를 배려하는 것도, 배려하지 않는 것도 아니다, 라는.

누군가를 챙겨준다는 건 상대가 불편해할 수도 있는 위험을 감수하는 일이며, 따라서 용기가 필요한 일이다. 감정에 예민한 내향인은 상대를 거북하게 할 위험을 감수하며 플러스 점수를 받기보다는 마이너스로 치닫지 않도록 조심하는 걸로 만족한다. 상대에게 내 진심이나 매력을 전달하는 건 시간을 좀 더 두고 천천히 하는 편이 속 편하다.

내향인의 소극적인 배려는 평탄한 상태에서 더 얹어주기보다는 모자란 상태를 채워주는 것에서 가치가 드러난다. 파인 곳을 채워주는 것은 그 필요가 보다 분명하기 때문이다.

가끔은 성향을 떠나서 배려를 거북해하는 마음까지도 빈틈없이 챙기는 사람들을 보곤 하는데, 그건 일종의 예술이라고 느껴진다. 그런 이들에게는 수많은 시행착오와 경험을 거쳐 고노도 성제된 매뉴얼이 있다는 것을 대번에 알 수 있다. 그들의 미소를 볼 때마다 그런 배려를 익히고 연습하게 했을 생업의 엄혹함에 마음 한끝이 아릿해진다.

이렇게 색깔은 다르지만, 관계가 편해지고 나면 사실 어떤 형태의 배려건 그 나름의 따스함을 느끼게 된다. 배려가 지나친 사람에게는 그만 좀 챙기라며 대놓고 말하면 그만이고, 개중에 챙기는 습관이 몸에 배어 그게 더 편한 사람은 내버려두고 신경을 끈다. 그리고 나 역시 실패한 배려조차 수용해줄 그들에게 좀 더 적극적인 배려를 시도해본다.

다만 사양해도 자꾸만 작은 배려를 건네면서 하나하나 생색을 내는 사람은 경계한다. 자신이 내주는 것들을 각인시키면서 그들이 내게 바랄 것이 무엇일지 두렵다.

\
내가 울면 그냥 혼자 내버려두면 좋겠어

친구들과 함께 있는 자리에서 당신이 슬픈 소식을 듣는다. 몹시 상심한 당신은 자신도 모르게 눈물이 난다. 그럴 때 울고 있는 당신을 친구들이 어떻게 대해주면 좋겠는가? 마음을 다친 당신을 둘러싸고 위로하며 함께 있어주는 편이 나을까? 아니면 위로의 말을 한마디씩 건네고는 혼자 눈물을 수습할 수 있도록 자리를 비켜주는 편이 나을까?

실제로 각각 외향인과 내향인인 두 친구가 이 상황을 받아들이는 태도가 달라 서로에게 섭섭해하는 것을 본 적이 있다.

"너는 어떻게 울고 있는 나를 혼자 내버려두고 갈 수 있니?"

"나라면 그런 상황에서 혼자 있고 싶었을 테니까. 너도 그럴 줄 알았어."

우리가 떠올리는 진정한 위로의 모습은 대

개 전자 쪽일 테지만, 내향인이 대개 원하는 위로는 후자 쪽이다.

나는 눈물을 흘리는 것이 대단히 개인적인 일로 여겨진다. 아무리 가까운 사이라도 우는 모습을 보이고 싶지 않다. 눈자위가 벌게지고 콧물을 질질 흘리는 모습은 혼자 보기에도 부끄럽다. 아무도 보지 않는 곳에서 마음껏 휴지를 쓰며 펑펑 울고 후딱 치워버리면 좋겠다. 그렇게 혼자 내버려뒀다가 내 부은 눈이 가라앉을 즈음에 맛있는 거나 사주며 시시덕거려주면 고마울 것 같다.

극도의 스트레스 상황에서도 나는 혼자일 때 치유받는다는 느낌이 들 때가 많다. 타인의 감정을 의식하지 않을 수 없는 내향인은 곁에 있는 사람과의 상호작용에 신경 쓰느라 자기 상처를 돌보지 못한다. 누구도 의식하지 않고 자신만의 방식으로 고통을 다루어야 회복할 수 있다.

아이를 키우면서 내가 가장 힘들다고 느꼈을 때는 며칠째 잠을 못 잤을 때도, 친구들과 약속을 못 잡고 집 안에 갇혀 있었을 때도 아니다. 위로가 필요한데 혼자 있을 수 없을 때였다. 세상사에 치여 힘들 때 자식의 방긋 웃는 모습만 보면 모든 시름이 사라진다, 는 육아 선배들의 말은 적어도 내게는 새빨간 거짓말로 여겨졌다. 아이는 사랑스러웠지만, 도무지 혼자 고통을 삭일 여유를 주지 않는 존재에 대해 양가감정을 느낄 때가 많았다. 아이의 존재는 슬플 때 더 슬프고, 기쁠 때 더 기쁜 것이었다.

물론 이런 종류의 사람이라고 해서 힘들 때 타인의 존재가 무용한 것만은 아니다. 마음이 가장 어두울 때 다친 자아를 돌보며 혼자 시간을 보낸 사람이 밖으로 나오면 이제 타인과 시간을 보내며 그 잔상을 지워내는 과정이 필요해진다. 그때 함께 즐거운 시간을 보내며 상처를 웃음으로 덮어주는 것, 그게 어떤 사람들에게는 더할 나위 없는 위로가 된다.

그렇다면 곁에 위로가 필요해 보이는 사람이 있을 때 우리는 어떻게 판단해서 태도를 결정해야 할까?

예닐곱 살 무렵의 내 딸은 눈물 많은 자신이 못마땅한 울보였다. 어쩌다 속상한 일이 생겨서 비슬비슬 눈물을 흘리면 나는 아이에게 물었다.

네 방에 들어가서 혼자 울래? 아니면 엄마가 안아줄까?

그러면 아이는 울음을 멈추고는 잠깐 눈동자를 굴린 후 대개는 혼자 울기를 선택했다. 그러면 나는 실컷 울고 나오라고 독려해주며 아이를 방에 들여보냈다. 지인들은 이 상황을 보기라도 하면 기막혀하곤 했다. 우는 아이를 달래기는커녕 혼자 울라고 방으로 몰아넣는 내가 매정한 엄마로 보였을 것이다.

하지만 그럴 때마다 아이는 방문 밖으로 엉엉 소리가 새어 나올 정도로 실컷 울고 난 후, 코가 빨갛긴 해도 한결 말개진 얼굴로 나와서는 평소처럼 놀기 시작했다. 나를 닮았는지 독보적으로 내성적인 딸은 그런 시간이 필요한 아이였던 것이다.

위로가 필요한 사람이 있다면 먼저 담담히 물어보는 게 어떨까?

함께 있어줄까? 하고.

과묵한 미용실 단골입니다

두어 달에 한 번꼴로 다니던 작은 미용실이 있다. 거리가 가깝고 좋은 약품을 써서 단골이 된 곳이었다. 어느 날 갔더니 한 명 있던 미용사가 그만두고 다른 사람으로 바뀌어 있었다. 좀 불안했지만 예약한 대로 머리를 맡기고 나는 평소처럼 잡지를 들여다봤다.

그런데 나쁜 예감은 엉뚱한 방향으로 들어맞고 말았다. 그 미용사가 상상 초월로 말이 많은 사람이었던 것이다. 처음에는 응수를 해서 그럭저럭 대화를 하던 나는 머지않아 지치고 말았다. 나는 건성으로 대답하며 잡지에만 시선을 꽂아두는 것으로 이제 그만두자는 의사 표시를 했다. 그러나 수다는 끝없이 이어졌다. 그 정도면 그만 조용히 있고 싶다고 직접적으로 말해도 내 말에 악의가 없다는 걸 받아들일 수 없는 사람일 거라고 판단했다. 할 수 없이 편하기를 포

기한 채 대답을 하는 둥 마는 둥 그 시간을 버텼다.

나는 정말이지 그 긴 시간 동안 남의 자식 자랑이나 낯모르는 손님들의 가정사 같은 것을 듣고 싶지 않았다. 두통이 올라와 지금 미용사가 만지는 게 내 머리인지, 남의 머리인지조차 헷갈릴 쯤에야 드디어 중세 유럽의 고문 의자처럼 느껴지던 유압 의자에서 벗어날 수 있었다. 머리는 미용사가 바뀌었는데도 마음에 들었다.

그러나 나는 다시는 그 미용실에 가지 않았다.

물론 나도 미용사와 대화하는 걸 좋아하는 사람들이 많다는 걸 알고 있다. 말하는 걸로 스트레스를 풀고 싶다면 그들은 좋은 대화 상대다. 헤어 시술이라는 생산적인(!) 일을 하는 시간을 이용해서 수다 욕구를 풀 수 있고, 인간관계의 접점이 없어 남을 험담할 때도 안전하다.

그러나 나는 같은 상황에서의 수다를 노동과 같다고 느끼는 사람이기에 말하기를 통해 노동의 피로를 잊는 미용사와는 함께할 수 없었다. 고객과의 사교적인 대화를 피곤해하는 미용사를 만나 일에 집중하도록 돕는 게 서로를 위해 나은 일이었다.

내향인들과 예민한 사람들은 심리학적으로는 다르게 분류되지만 겹치는 점이 많다. 내향인들은 심리적인 부분뿐만 아니라 감각적으로도 예민하다.

지인들이 세상없이 둔해 보인다고들 하는 내 경우, 늘 혹사당하는 시력을 제외하고는 필요 이상으로 오감이 예민하다고 느낄 때가 많다. 일행이 의식하지 못하는 은근한 악취를 혼자만 맡고, 창문이 닫혀 있어도 '먼지 냄새'로 황사가 오고 있음을 안다. 통증은 너무 잘 느끼기에 오히려 참는 데에 익숙해져 있으며, 소음에 약한 귀 때문에 잠들 때 백색소음이 필요하다.

이런 내가 미용실을 찾는 중요한 이유 중 하나가 좋은 자극을 느끼기 위해서인데, 대화라는 복잡한 뇌 작용까지 더해지는 것은 아무래도 용량 초과다.

미용실, 피부 관리실, 네일숍 같은 곳들은 내게는 전문가의 서비스를 결과물로 가져오는 곳일 뿐만 아니라 휴식의 장소다. 두피나 피부의 압점들이 살살 자극되는 것이 좋고, 그 나른한 기분을 온전히 느끼며 즐기고 싶다.

어떤 사람들은 그런 시간이 지루하다며 끝없이 직원들에게 말을 걸곤 하는데, 내게는 머리로는 이해해도 공감은 가지 않는 일이다. 타인의 손과 내 상피세포가 접촉하고 마찰하는 엄청난 자극 속에서 어떻게 무료할 수 있을까 싶다. 그래서인지 나는 마사지 같은 것을 받으면서 잠든 기억이 별로 없다.

전에는 어떤 상황에서건 타인의 기분을 먼저 생각했다. 그래서 누군가가 내게 말을 건네고 이야기를 하고 싶어 하면 내키지 않아도 최대한 기분을 맞춰주며 말 상대를 해주곤 했다. 내가 비용을 지불하고 서비스를 받는 입장일 때조차 말이다. 말하고 싶지 않을 때 입을 다물고 싶은 내 감정이 나쁜 것이 아니라는 걸 이해하는 데에는 시간이 걸렸다.

지금의 내 단골 미용사와는 만났을 때 활짝 웃으며 서로의 안부를 묻는다. 이어 머리의 모양과 모질에 대해 몇 가지 정보나 의견을 주고받은 다음, 미용사가 본격적으로 내 머리를 만지기 시작하면 각자의 영역으로 조용히 들어간다. 이곳에서 무언가를 하고 나오면 유독 머리카락이 가볍게 느껴진다. 물론 머릿속도.

Q

물건을 살 때 직원들이 집요하게 설득하면 100퍼센트 마음에 들지 않는 물건이라도 꼭 사게 돼요. 그러고 나서 집에 와서 후회를 해요. 미용실에 가서도 헤어 디자이너의 권유에 비싼 시술을 추가했다가 영수증을 보고 놀라는 일도 많고요. 항상 '호구'가 되는 기분이에요. 이게 다 내성적이고 소심한 성격 때문인 것 같은데요. 어떻게 하면 고칠 수 있을까요?

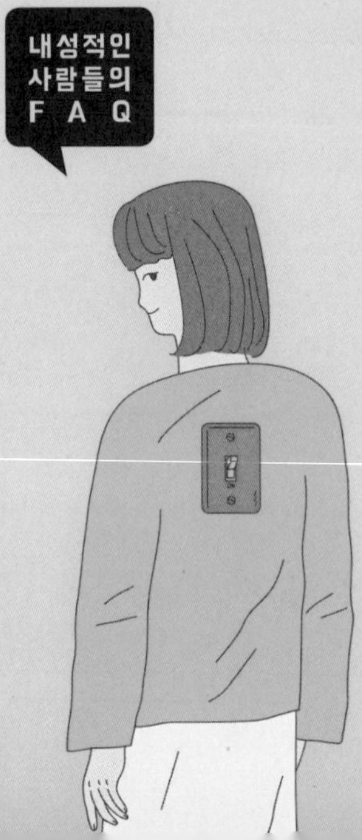

내성적인
사람들의
F A Q

A

내향인은 본능적으로 객관적인 상황보다 상대의 기분을 먼저 고려하는 특성이 더 강해요. 아무리 안면이 없는 사람이라고 해도 매정하게 거절하기 어렵지요.

그런데 이런 상황에서 단호하게 대처하지 못하는 가장 큰 이유는 자기 마음이 어떤지 본인도 정확히 모르기 때문이에요. 이 물건이 마음에 드는 것도 같은데 다른 한편으로는 그에 비해 가격이 비싼 것 같기도 하고, 나한테 그 기능까지는 필요 없는 것 같기도 하고. 판매 직원들은 그런 마음속 갈등을 재빨리 읽어내고 틈을 파고드는 거예요. 정확한 정보를 갖고 있다면 본인의 성향에 상관없이 훨씬 단호하게 행동할 수 있어요.

충동적으로 쇼핑을 하거나 미용실에 가지 말고 미리 정보를 찾아보세요. 그러면 판매 직원들이 권하는 게 터무니없는 것인지, 그런대로 합리적인 것인지 판단할 수 있어서 후회 없는 선택을 할 수 있어요.

정보는 모호한 사항들을 분명하게 해주는 힘이 있어요. 쇼핑이 아니더라도 어떤 일에서든 미리 정보를 알아보고 부딪히는 습관을 들이면 스스로 소심하다고 생각하는 내향인도 발언권을 가지고 우위에 설 수 있어요.

친구와 여행을 갔을 때였다. 호텔에 '트윈 베드' 객실을 잡고 각자의 침대에 퍼진 채 모처럼 도란도란 이야기를 나누었다. 몇 마디 오가고 나서 친구가 모로 세운 채 기대어 있던 베개를 눕히고 머리를 얹더니, 놀랍게도 몇 초 지나지 않아 쌔근쌔근 숨소리가 들려오는 것이었다. 설마 벌써 잠들었겠어 싶어서 친구 이름을 슬쩍 불러봤는데 대답이 없었다. 낯선 여행지 잠자리에서, 그것도 친구와 수다를 떨다가 베개에 머리가 닿자마자 곯아떨어지다니.
나는 그때까지 느껴본 적이 없는 강렬한 질투에 사로잡혔다. 이전까지 누군가를 그 정도로 부러워한 적은 없었다.

기억이 닿는 한 아주 어릴 때부터 잠이 든다는 것은 내게 일종의 숙제였다.
머릿속으로 양을 오천 마리쯤 세거나 9999

부터 숫자를 거꾸로 세며 잠을 청하는 건 일상이었고, 자기 전에 데운 우유나 허브차 마시기, 침구 바꾸기 등 잠을 부르는 비법 중 시도해보지 않은 게 거의 없었다. 낮잠을 잔다는 건 어떤 경우든 내게 아주 드문 일이었다.

적어도 삼십 분 이상 뒤척이다 잠드는 일상을 살다가 어느 시기에는 제대로 불면증을 앓게 되었다.

깨어 있을 뿐인 머리는 그 시간에 일을 할 만큼 생산적이지 않았고, 뿌연 눈으로 바라보는 어둠은 에드바르 뭉크의 그림처럼 짙은 푸른빛이었다. 잠이 허락되지 않는 밤은 두려운 시간이었다. 침대는 방을 온통 차지하고 있는 거대한 형틀일 뿐이었다.

그때라면 잠을 잘 자게 해준다고 장담하는 어떤 사기꾼이 왔어도 순순히 속아줬을 것이다.

그 무렵, 누군가에게 들은 충고가 잊히지 않는다.

"불면증, 그거 열심히 살지 않는 사람들이 걸리는 거 아닌가?"

그런 말을 듣고도 가만히 있었냐고?

그게 얼마나 자기중심적이고 무지한 말인지 아느냐고 물을 수 있는 성격이었다면 애초에 불면증에 시달리지도 않았을 것이다.

삶에 대한 물음이 자꾸 안으로만 향하는 사람들이 있다.

내가 왜 그랬을까? 내가 이럴 수밖에 없는 이유는 무엇일까? 내 문제는 뭘까?

안을 향한 질문은 꼬리에 꼬리를 무는 생각을 낳는다. 그 생각들은 열심히 일상을 살며 집중하는 얼마간의 시간 동안에는 의식 아래에 엎드려 있다가 육체의 움직임을 멈추는 순간부터 활개를 치기 시작한다. 눈을 감고 잠을 청하는 시간에는 더욱 그렇다. 생각은 누를수록 가지를 치고 무성해져 온몸을 알게 모르게 긴장시킨다. 그리고 긴장한 몸은 웬만해서는 잠들지 못한다.

안일하고 불규칙하게 살아서가 아니라 원래부터 잠들기 어려워하는 사람들이 있고, 그런 사람들은 스트레스 환경에서 보다 쉽게 불면이라는 억울한 형벌을 받는다.

내 불면증은 그 이후에 찾아온 공황장애를 치료하는 과정에서 덩달아 자연스럽게 사라졌다. 지금의 나는 어느 때보다 수월하게 잠을 맞아들이는 삶을 살고 있다.

요즘은 잠이 들기 전 오디오북을 듣는다. 처음 듣는 흥미진진한 내용이어도, 아예 귀에 들어오지 않는 지루한 내용이어도 곤란하다. 적당히 재미있고 적당히 익숙한 텍스트를 발성이 정확한 성우가 읽어주는 것이 좋다. 그래야 적당히 집중이 되어서 잡생각이 촉수를 늘이는 것을 막아주고, 조금씩 의식이 멀어질 무렵부터는 백색소음이 된다. 오디오북의 기억나는 내용을 되짚어 짐작해보자면 잠이 드는 데에 십오 분쯤 걸리는 것 같다. 잠드는 건 아직도 내게 보조 장비가 필요한 일이지만 이만하면 괜찮다.

이제 침대를 안락한 공간이라고 느낄 만큼 잠이 만만해졌는데도 여전히 나는 뒤통수에 '전원 꺼짐' 버튼이라도 달린 듯 눕기만 하면 잠드는 이들이 부럽다. 간혹 건강검진센터에서 내시경 검사를 위해 수면 마취를 할 때 그 기분을 짐작해볼 뿐이다. 눈꺼풀이 자꾸 감기는 몰랑몰랑한 기분으로 포근한 잠자리에 파고드는 순간, 몸이 푹 꺼지며 빠져드는 느낌일까?

내가 못 가진 것에 대해 몽니를 부리는 게 아니다. 영원히 누리지 못할지도 모르는 상태에 대한 로망이라고 하는 편이 맞을 것이다. 사실 풀 먹인 청결한 시트와 푹신한 침구의 촉감에 몸을 맡기고서 깊은 단잠에 훅 빠져드는 건 상상만으로도 기분이 좋아지는 일이니 말이다.

누군가는 의식조차 하지 않을 일상을 비일상의 소재로 만들 수 있는 것, 이것은 안으로 자아가 자라는 사람들이 받는 위안의 선물일 수도 있겠다.

삶에 대한 물음이 자꾸 안으로만 향하는 사람들이 있다. 안을 향한 질문은 꼬리에 꼬리를 무는 생각을 낳는다. 그 생각들은 열심히 일상을 살며 집중하는 얼마간의 시간 동안에는 의식 아래에 엎드려 있다가 육체의 움직임을 멈추는 순간부터 활개를 치기 시작한다. 생각은 누를수록 가지를 치고 무성해져 온몸을 알게 모르게 긴장시킨다. 그리고 긴장한 몸은 웬만해서는 잠들지 못한다.

Chapter 4
×
딱 한 걸음이면 충분하다

사회 초년생들이 자기들끼리 하는 이야기를 우연히 들은 적이 있다. 대화 내용으로 보아, 다들 힘들고 복잡한 사회생활에 어지간히 지쳐 있는 것 같았다. 대화 도중에 그들 중 한 명이 질문을 하나 던졌다.

"너희는 수입이 얼마 정도 보장되면 사표 내고 집에서 프리랜서 할 것 같아?"

그때 그들에게서 나온 답들이 뜻밖이었다.

"나는 한 달에 백만 원만 벌 수 있으면 사표를 낼 것 같아."

"나는 오십. 그냥 안 쓰고 안 먹고 입에 풀칠만 할 수 있으면 돼. 밖에 안 나가고 사람도 안 만나고, 일하고 싶은 시간에 내 일만 딱 할 수 있다면."

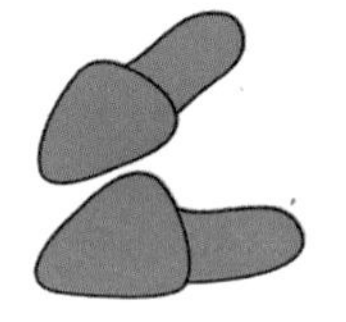

어른으로 살아본 지 좀 된 사람이라면 우선 코웃음부터 칠지 모르겠다. 그 돈만 가지고 살아본 적이 없는 철없는 이들의 투정일 뿐

이라고. 어쩌면 큰 꿈을 품고서 부지런히 살고 싶지 않은 요즘 젊은 이들의 안일함이라며 성토할 수도 있다.

그런데 나는 그 말들을 듣는 순간 격하게 공감했다. 나도 그런 삶을 간절히 원한 사람이라서 전업 작가라는, 배고픈 밥벌이의 상징인 직업을 갖게 된 것이니 말이다. 게다가 그 친구들이 입에 올린 정도의 미미한 수입으로 프리랜서 생활을 시작하기도 했다. 솔직히 나는 지금도 골방에서 오로지 글만 쓰며 살 수 있으면 정말 좋겠다고 생각한다.

내성적인 사람들 중 많은 이가 '방구석에서 모든 것이 해결되는 삶'을 꿈꾼다. 조직에 들어가 사람들에게 치이고, 상처받고, 비위를 맞추느라 머리 아픈 상황들이 지긋지긋하다. 그런 것은 일의 본질에서 벗어나는 일들이면서도 더 많은 에너지를 앗아 간다. 외부 세계와 상호작용할 때 유독 더 빨리 지치는 이들에게는 관계 자체가 가장 큰 노동이다. 그런데 또 소홀히 하면 일 자체에도 큰 지장을 주기 때문에 신경을 쓰지 않을 수 없다. 그렇게 차차 시간이 지나다 보면 일 이외의 것들에 힘을 들이는 것도 일의 중요한 일부이고, 월급이 그 대가라는 걸 깨닫는다. 그래서 프리랜서로 일할 수 있는 직업을 그토록 부러워하는 것이다.

그런데 오랜 시간 프리랜서로 살아온 내 경험으로는, 이 직업조차 그런 꿈을 이루어주지는 못한다. 일차원적으로 내 성정이 끌리는 대로만이라면, 나는 출판사와 최소한의 교류만 하고 책을 내는 것 외에는 어디에도 나를 드러내고 싶지 않다. 혼자 숨어서 내가 할 일을 하고, 원고가 책으로 나오면 알아서 척척 팔려주면 좋겠다.

한때는 작가들이 그와 비슷해 보이는 삶을 누린 적이 있기는 하다. 하지만 그때조차 오직 방 안에서 글만 쓴 사람들은 책으로 독자들과 만나기가 어려웠다. 몇몇 천재를 제외하고는 출판계 관련 종사자들과 어울리면서 자기 작품을 알릴 기회를 만든 사람들이 본업을 유지할 수 있었다.

나는 사회성 버튼을 적당히 누를 줄 아는 내향인이라 필요에 따라 조금씩 방구석을 벗어나곤 했다. 막상 내 본성을 벗어나면 바로 옆에 새로운 경험의 세계가 보였고, 한 걸음쯤 그 선을 넘어도 괜찮을 것 같았다. 그럴 때마다 내가 짜낸 건 약간의 용기였을 뿐인데 그 보상은 항상 몇 배로 돌아왔다. 움직이는 걸 싫어하는 내향인이 자기 생각을 행동으로 옮기면 대개는 일정 부분 결과를 가져오는 법이다. 그걸 경험하게 되면 선을 넘을 때마다 마음속에서 벌어지는 갈등의 크기가 점점 줄어드는 것을 느낄 수 있다.

최근의 나는 누가 등 떠밀지 않아도 직접 독자들과 만나는 자리를 만들기도 한다. 이건 내게 엄청난 일이다. 여기저기에 알리는 것부터 일정 정하기, 장소 섭외 등 준비 과정마다 신경 안 쓰이는 일이 없고, 사람들 앞에 서는 자체만으로도 한참 전부터 긴장된다.

이건 내 발밑에 그어진 선을 훌쩍 넘는 일이다.

그러나 이렇게 나를 벗어나 자극과 피로의 세계로 들어섰을 때의 행복감은 이루 말할 수 없는 것이었다. 커다란 풍선을 타고 중력을 거슬러 공중에 올라간 기분이랄까.

어느 순간부터 나는 방구석에서만 모든 걸 해결하겠다는 바람을 접기로 했다. 그게 쉽지 않을뿐더러 그리 건강한 삶도 아니라는 걸 점점 느끼기 때문이다. 하지만 여전히 혼자서 조용히 본업을 할 때 내가 가장 행복하다는 것은 부인할 수 없다. 풍선을 타고 공중 부양을 하는 경험이 아무리 짜릿하더라도 땅에 발을 딛고 있을 때가 가장 편안한 것처럼 말이다.

Q

가수가 되고 싶은데 무대 공포증이 있어요. 내성적인 저도 이 성격을 고쳐서 무대에 설 수 있을까요?

A

내성적인 성격과 공개적인 자리에 서서도 잘해낼 수 있는 능력 사이에는 큰 관계가 없어요. 사람들의 주목을 받으며 재능을 선보이는 건 누구한테나 엄청나게 긴장되는 일이에요. 자신을 드러내는 것을 불편해하지 않는 외향인도 마찬가지예요. 통제된 상황에서 준비한 만큼 잘해내야 하는 거잖아요. 무인 카메라 한 대로 촬영할지라도 단 한 번에 노래나 연기를 제대로 해내야 한다면, 눈앞에 사람이 한 명도 없다고 해도 똑같이 긴장하게 될 거예요.

사람들 앞에서 재능을 보여주는 일에서는 성향보다 능숙함이 더 중요해요. 많이 연습해서 그 퍼포먼스를 눈 감고도 할 수 있을 정도가 되도록 준비하고, 떨리더라도 자꾸 무대에 서다 보면 익숙해져요. 이런 상태에서 무대에 올라가면 아드레날린 같은 호르몬이 분비되면서 바짝 긴장하게 되는데, 이 때문에 집중력이 높아지면서 연습할 때보다 더 좋은 모습을 보여줄 때도 많아요.

어떻게 해도 나아지지 않는다면 불안증이 있는 것으로 봐야 해서 전문가의 상담을 받아보는 편이 좋아요. 우리가 흔히 쓰곤 하는 무대 공포증이라는 말도 전문가들이 일컫는 사회 불안증의 하위 갈래랍니다.

집순이의 조건

며칠 동안 집에서 원고 작업에 몰두할 때였다. 배달 물건을 문 앞에 두었다는 택배 기사의 메시지를 받고 나가는데 현관에 벗어 둔 신발이 눈에 띄었다. 왜 이렇게 생경한 느낌일까 의아해한 다음 순간, 이런 질문이 떠올랐다.

'마지막으로 신발을 신은 게 언제였지?'

내향인의 특징 중 하나가 어떤 장소보다 집에 있는 걸 좋아하는 '집순이' 혹은 '집돌이'이기 쉽다는 것이다. 아마도 외향인이라면 아무리 일이 많아도 나처럼 며칠씩 외출을 안 하고는 버티지 못할 것이다.

이런 나 역시, 집을 오로지 베이스캠프처럼만 보았던 예전에는 학교에 다녀와서 가족이 모두 외출하고 아무도 없으면 왜 복권에 당첨된 기분이었는지, 클럽에 가자는 친구와의 약속이 왜 명치에 얹힌 체기 같은 건

지 이해할 수 없었다.

자극이 넘치는 세상에서 집은 내가 환경을 어느 정도 통제할 수 있는 유일한 장소다. 내 몸 상태에 맞춰 온도를 조절할 수 있고, 내가 원하는 자세로 있을 수 있다. 무엇보다도 가장 큰 자극 요인이라고 할 수 있는 '인간'을 만나지 않을 수 있다. 무한대의 자유를 누릴 수 있는 집에서 벗어날 필요를 느끼지 못하는 건 이제 내게 당연한 일로 여겨진다.

그런데 이게 전혀 당연하지 않은 사람들을 마주칠 때마다 인간의 다양성에 경이로움을 느끼게 된다. 내 지인 중 전형적인 외향인이 있는데, 그는 바쁜 일상을 보낸 끝에 매번 안정과 평안을 찾는다면서도 한시도 집에 있지 않는다. 고요를 찾아 절에 들어가 템플 스테이를 하고, 평안을 느끼고 싶다면서 동남아시아 사원에 들어가 요가나 명상을 배운다. 고요와 평안이 머무는 곳이라면 집 이상의 장소가 어디 있을까 싶은 나로서는 깊이 이해하기 힘든 일이다.

내게는 명상하러 외국 사원으로 떠나는 일 자체가 익스트림 스포츠와 다름없이 격렬한 활동이기 때문이다. 나도 여행을 좋아하지만 휴식이라고 생각하며 떠나는 건 아니다. 내게 여행은 아무리 휴

양지로 떠나는 것이라고 해도 각오가 필요한 모험이자 즐거운 도전이다. 실은 그조차 집에 돌아와 현관문을 여는 순간이 가장 좋다.

내향인은 고치를 만들고 그 안에 들어앉아 제 살을 만드는 번데기 같다. 자아 안에 완전히 침몰하는 시간 없이는 다음 생애 주기를 무사히 맞을 수 없다. 자꾸만 안으로 향하는 마음을 책망하지 말고 완전히 침잠할 때까지 내버려둬도 좋다.

하지만 한정된 공간 안에서 자아가 매몰되지 않기 위해서는 집순이에게도 나름의 원칙이 필요하다.

규칙적으로 생활한다.

나는 자고 일어나는 시간과 식사 시간이 일정하고 매일 아침에 스케줄을 짠다. 아주 가끔은 그 스케줄이 '하루 종일 아무것도 하지 않는다'일 수도 있지만, 내 시간이 내 의지와 상관없이 얼결에 흘러가지는 않도록 관리한다. 혼자 지내면서 통제되지 않는 일상은 무력감을 불러올 수 있다.

집을 깨끗이 한다.

정돈되지 않은 물건이나 지저분한 바닥 같은 것들이 알게 모르게 사람의 정신적인 에너지를 좀먹는다는 글을 본 적이 있다. 집순이로 지내다 보면 그 말이 맞다고 느껴질 때가 많다. 가끔 가슴이 답답할 때 쓸모없는 물건들을 내다 버리면 뇌가 청소되는 기분이다.

갈까 말까 하는 약속이 생기면 그냥 간다.

가고 싶지 않다는 마음이 분명할 때는 굳이 타인들에게 휩쓸려 내 삶에 피로를 더할 필요가 없다고 생각한다. 하지만 갈까 말까 갈등이 생긴다면 이야기가 다르다. 그 자리에 가는 장점도 있다는 뜻이기 때문이다. 장단점이 갈등을 할 만큼 비슷한 비중이라면 가서 세상에 섞여보는 게 후회가 적다.

사람의 정체성은 곧 기억을 의미한다. 지금의 나라는 사람을 규정하는 모든 단서는 '가서' 얻은 것이었다. 집순이라고 해서 그런 경험들을 전부 포기한다면 그 인생 시점에서 정체성으로 남는 것이 없어진다. 우리에게는 횟수는 적더라도 그 시기의 나를 정의하고 기억할 경험이 필요하다.

운동을 한다.

솔직히 말하자면 나는 운동을 끔찍하게 싫어한다. 심정적으로는 스키나 테니스처럼 기술까지 익혀야 하는 운동을 왜 하는지 이해가 안 되는 편이고, 근육을 키우는 운동이 필요하다는 것은 머리로만 아는 사람이다. 그런데도 나는 매일 땀 흘리는 운동을 한다. 공원을 빠르게 걷거나 날씨가 궂은 날에는 실내 바이크를 탄다. 스스로를 유폐하는 게 일상인 집순이에게는 폐부 깊숙이 들어가는 호흡과 데워진 몸이 선사하는 개방감이 필요하다. 가끔 안으로 가라앉다가 더 깊은 곳으로 끌려 내려가려는 자아를 살아 움직이는 육체가 붙들어주는 것이다.

오늘, 돌아오는 월요일에 잡혀 있던 회의가 취소되면서 다음 주 일정이 백지로 남겨졌다. 다이어리를 들여다보는데 따스한 안정감이 느껴진다. 아무것도 신경 쓰지 않고 집에서 혼자 글 작업만 할 수 있는 시간이 통으로 주어진 것이다. 마치 선물을 받은 기분이다.

다시 한 번 나라는 인간이 이렇게 생겨먹었구나, 하고 느낀다.

집순이, 집돌이에게 좋은 선물 목록

- 어떤 자세로도 스마트폰을 볼 수 있는 스탠딩 홀더
- 착용감 좋은 실내복 세트
- 반조리 식품 배달 상품권
- 침대 트레이
- AI 스피커
- 입는 담요

지인과 이야기하다가 그가 취미로 발레를 시작했다는 것을 알게 되었다. 자세 교정에 좋더라는 말에 귀가 번쩍 뜨여 이것저것 물어봤더니 이런 말이 돌아왔다.

"한번 해봐. 다음에 나하고 같이 갈래?"

내 질문이 귀찮아 한번 질러본 말도, 빈말도 아니었다. 외향인이면서 동시에 행동가인 그는 무언가를 시작하는 게 쉬운 사람이었다. 그 자신처럼 나도 발상을 바로 행동으로 옮기는 게 숨쉬기처럼 쉬우리라고 생각하는 듯했다.

하지만 나는 호기심 정도로 그런 큰 일을 시작할 사람이 못 되었다. 아마 내가 발레를 시작하려면 자세 교정이 시급하다는 의사의 소견을 포함해 최소한 다섯 사람에게서 권유를 듣고, 때맞춰 바로 집 앞에서 발레 학원이 개업 이벤트를 하는 상황은 되어야 할 것이다. 대신 그만두는 것도 어려워

해서 일단 시작한다면 기초는 뗄 것이다.

바깥세상에서 활개 치고 다닐 때 쉽게 방전되는 내향인은 일 벌이는 걸 달가워하지 않는다. 뇌과학자들에 의하면 내향인의 뇌는 가만히 쉬고 있을 때도 일을 한다. 이런 내향인에게 해야 할 일의 가짓수가 늘어나는 것은 엄청난 압박이 된다. 외향인은 어떤 일을 할 때만 그 일에 대해 생각하지만 내향인은 언제나 그 일을 염두에 두고 있다. 컴퓨터에서 프로그램을 쓰지 않을 때 작업창만 닫아놓는 것처럼 말이다. 대기 전력 소모가 극심한 건 당연한 일이다. 일의 시작 자체가 자신을 깎아 먹는 일이니 아낄 수밖에 없다.

그러나 무언가를 시작하는 일이 삶의 전부일 수도 있겠다는 생각을 자꾸 하게 되면서 내 시작을 좀 더 가볍게 만들어보고 싶어졌다.

너무 미래를 내다보지 말고, 열심히 해야겠다는 각오도 집어치우고, 손가락 하나만 까딱해도 되는 난이도부터 '그냥' 시작하기.

아무것도 아닌, 시작 자체가 목표인 일들을 해보자고 나 자신을 설득했다.

몇 년 전, 영국의 한 가전 회사에서 나온 무선 청소기가 한창 입

소문을 탈 때였다. 마침 파격 할인이라는 엄청난 동기부여를 받아 나도 얼결에 유행에 동참했다.

드디어 배송되어 온 날. 기대에 가득 차서 무선 청소기를 받자마자 전원을 켜고 바닥에 굴려본 나는 적잖이 실망했다. 어느 정도 예상은 했지만 흡입력이 원래 있던 유선 청소기만 못했다. 흡입구를 가져다 대면 근처 이물질들을 블랙홀처럼 빨아들이는 기존 청소기만큼 개운한 맛이 없었다. 이거 공연히 돈만 버린 것 아닌가 싶었다.

그런데 그렇게 못마땅한 물건이 들어온 이후, 집안 풍경이 달라지기 시작했다. 먼지가 예사로 굴러다니던 바닥에서 머리카락 한 올 찾아보기 힘들어진 것이다. 이유는 간단했다. 무선 청소기가 청소의 '시작'을 쉬워지게 만들었기 때문이다.

유선 청소기를 쓰려면 다용도실에서 그 무거운 놈을 끙끙 끌어와 선을 술술 풀어둔 다음 콘센트를 찾아 꽂아야 한다. 청소가 끝나고 난 후 같은 과정을 거꾸로 밟아야 한다는 부담도 안고 시작해야 한다. 하지만 무선 청소기는 방 한쪽에 세워져 있는 것을 들고서 바로 작동하면 끝이다. 화장품 유리병을 잡아먹을 정도로 힘이 센 괴물 같은 청소기라도 전원을 연결해주지 않으면 별 도리가 없다. 매일 하루에도 몇 번씩 손이 가는 무선 청소기의 완승이었다.

시작이 반이라는 말은 격려를 가장한 흰소리가 아니었다. 부지런하고 체력이 좋아서 매일 유선 청소기를 꺼내 완벽하게 청소할 수 있다면 그만큼 좋은 일은 없다. 하지만 그럴 수 없다면 완벽하지 않아도 쉽게 시작해 자주 청소하는 건 차선이다.

한때는 작심삼일이라도 자주 하면 된다는 말을 새겨들었는데 이제는 작심 자체를 하지 않기로 했다. 굳이 마음먹고 시작을 하지 않아도 그 과정에서 필요한 만큼 저절로 신경이 쓰일 테니 시작에 드는 힘이라도 줄이고 싶다. '어떻게든 굴러가겠지' 하는 마음으로 무선 청소기를 꺼내 드는 삶이란 얼마나 가벼운가.

하지만 '설마 이 글이 무선 청소기 권장기로 오독되는 일은 없겠지'라는 걱정이 찰랑이는 걸 보니 나는 아직 갈 길이 멀었다.

많은 사람을 만나면서 바쁘게 사는 지인에게 물었다. 스트레스 받은 날에는 집에 가서 어떻게 푸냐고. 그에 대한 대답이 어찌나 충격적이었던지 몇 년이 지난 지금도 선명히 기억이 난다.

"사실…… 나는 별생각이 없어. 집에 가면 그냥 잊어버리고 자는걸."

그의 쑥스러운 미소는 이런 솔직한 대답이 대개의 경우 어떤 반응을 불러일으킬지 안다는 표시였다. 여럿이 있을 때에는 비슷한 대화에서 "힘들지만 맥주나 한잔하면서 털어버리는 거지 뭐" 하고 그가 말하는 것을 들은 적이 있었던 것이다.

그가 워낙 긍정적인 성격에 외향인 기질이 강하다는 건 알았지만, 그럴 수 있는 성격이 실제로 존재한다는 게 내게는 놀라운 일이었다.

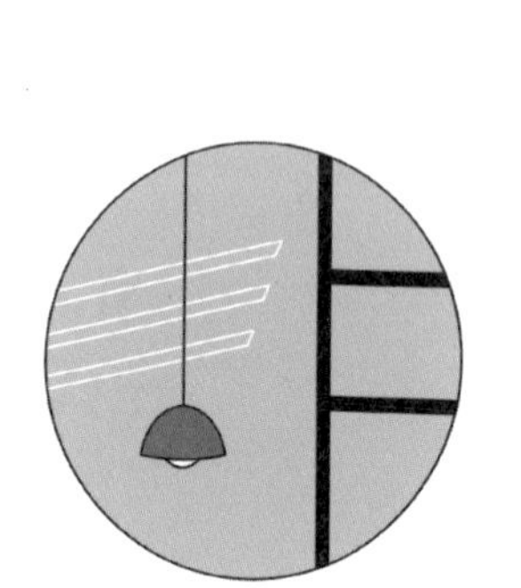

한번 스트레스 상황이 일어나면 시간이 지나도 그 생각이 반복해서 떠오른다. 부풀어 오르는 생각을 누르면 다른 곳이 터져서 싹을 틔우고 가지를 친다. 그렇게 거대해진 생각은 일상과 잠을 잡아먹고 스스로를 시들게 한다. 이렇게 생각 많은 내가 참 피곤하다 여기면서도 그것조차 생각이라는 길 깨닫고 나도 모르게 고개를 가로저을 때가 있다. 마치 그렇게 하면 불필요한 생각의 잔가루들이 후드득 떨어지기라도 할 것처럼 말이다.

언짢은 일들이 바람처럼 지나갈 때마다 한없이 흔들리는 나는 '생각'이라는 게 거추장스럽다.

미숙한 사람들을 보며 '생각 없다'라고 표현하고 깊은 생각을 무조건 긍정적으로 여기는 시각이 있긴 하지만, 너무 많은 생각은 독이다. 우리가 좋은 의미에서 쓰는 생각은 생각만 한다고 해서 얻을 수 있는 게 아니다. 보통 '사색'이라는 단어와 함께 떠오르는 장면이 가부좌를 틀고 눈을 감은 채 명상하는 모습인데, 불교와 힌두교에서 연유한 명상은 오히려 머리에서 생각을 지우는 수련법이다.

수렴 성향의 내향인에게 생각이란 도구이기도, 짐이기도 하다. 생각이 번식하면서 창의적인 결과물이 나오기도 하고 남보다 앞선 사고로 타인에게 영감을 줄 수도 있다. 하지만 생각의 덫에 갇히면 어느 누구도 아닌 자신이 스스로를 갉아먹는 가해자가 되기도 한다.

생각에 자꾸 사로잡히는 내향인이 자신을 보호하는 방법은 한 가지밖에 없다.

움직이는 것, 행동하는 것이다.

해야 할 일과 계획들이 점점 쌓여가면서 알 수 없는 우울감에 힘들었던 적이 있다. 보통 새로 할 일이 생기면 활기를 띠어야 하는 게 맞는 것 같은데 이상한 일이었다. 어느 날, 더는 방치할 수 없겠다 싶어진 나는 마음먹고 앉아서 내가 해야 할 일들의 목록을 정리했다. 그러고는 그 일을 중요한 순서가 아니라 당장 해치울 수 있는 순서대로 정렬하고는 열심히 작업해서 담당자들에게 전송하기 시작했다. 그러고 나니 한결 마음이 편해지는 것이었다.

행동을 적용하지 않은 일들은 자꾸만 생각을 불러일으킨다. 그 수가 많아질수록 생각은 서로 충돌을 일으키고, 더 많은 조각을 만들어낸다.

휴일에 늦잠을 자고 일어날 때 오늘 머리를 감을까 말까 고민한 적이 있는가?

'오후에 친구를 잠깐 만날 일이 있는데 우리 사이에 모자를 뒤집어쓰고 만나도 되지 않을까.

아니, 그래도 제법 번화가에서 만나는데 이런 모습이면 내가 주눅 들지 않을까.

아냐, 귀찮은데 그냥 잠깐 나갔다 오자.

잠깐, 친구가 다른 사람을 불러 합석하게 되면 곤란해질 수도 있겠는데?'

머리를 감고 안 감고는 문제가 아니다. 이런 생각을 없애는 가장 쉬운 방법은 그냥 머리를 감아버리는 것이다.

행동만이 생각을 줄일 수 있다.

사실 내향인이 행동하는 습관을 몸에 들일 수만 있다면 엄청난 우위에 서는 것이다. 관계나 일, 자기 삶의 형태 등 모든 것을 장악할 수 있다.

생각 많은 사람이 행동을 하면 그 생각에 현실성과 철학이 붙는다. 쓸모없는 미련과 걱정, 혹은 망상에 그치는 생각이 아니라 더 잘 살아낼 수 있는 도구를 얻게 되는 것이다. 행동이 없는 몽상가는 생각이 없는 실천가보다 한참 아래에 있다. 아무리 식관과 공감이 부족한 사람이라도 경험을 통하면 몸으로 습득한 것이 쌓이는데, 그게 담장 안의 철학자보다 더 깊은 경지에 이르는 걸 자주 보게 된다.

행동은 내게도 여전히 숙제다. 귀찮아한다기보다는 그게 행동해야 하는 일이라는 걸 처음부터 의식하지 못하는 경우도 많다. 사고와 행동이 수렴적이고 타고난 에너지가 부족한 나는 사실 할까 말까 하는 대부분의 선택지 앞에서 '말자'는 쪽으로 기운다. 안 하는 게 편하고, 내가 타고난 기질에도 더 맞다. 그러나 그렇게 기질대로 내버려두면 생각에 잡아먹혀 어느 곳에도 닿지 못하게 될 것을 알기에 일부러 나를 거슬러 '하자'를 선택한다.

아직까지는 행동이 나를 배신한 적은 없다.

내향인에게 생각이란 도구이기도, 짐이기도 하다. 생각이 번식하면서 창의적인 결과물이 나오기도 하고 남보다 앞선 사고로 타인에게 영감을 줄 수도 있다. 하지만 생각의 덫에 갇히면 어느 누구도 아닌 자신이 스스로를 갉아먹는 가해자가 되기도 한다. 생각에 자꾸 사로잡히는 내향인이 자신을 보호하는 방법은 한 가지밖에 없다. 움직이는 것, 행동하는 것이다.

그깟 일들, 나도 '툭' 털어버리고 싶습니다

누군가에게서 상처받고 마음이 상했을 때 그 상황을 지켜본 사람들은 이런 말로 나를 위로하곤 했다.
"그 사람, 원래 그런 사람이야. 그냥 툭 털어버려."

이런 말을 들었다면 다시는 그 사람에게 그 내용으로 고민 상담을 해서는 안 된다. 위로는 진심일 테지만 그 말에는 마음먹기 나름인 일로 너 자신과 주변 사람을 질리게 하지 말라는 의미가 포함되어 있으며, 그게 틀린 생각도 아니다.
그런 말들을 들을 때마다 실은 내가 더 진심으로 바라게 된다. 툭 털어버릴 수 있기를. 잊을 수 있기를.
하지만 턴다고 털어지는 게 사람 마음이라면 인류가 이렇게 고달프게 살고 있지는 않을 것이다. 사람이 서로에게 해를 끼치는

가장 큰 이유가 결국은 털어버리지 못한 감정 때문이니까.

내향인은 행동이나 감정 처리 방식이 발산보다는 수렴의 형태를 띠기 때문에 이런 감정을 털어버리기가 좀 더 어렵다. 바깥 활동에 쓰는 에너지가 한정적이라 감정이 흩어질 때까지 외부 자극에 몰두할 수 없는 것도 한 이유다.

어느 드라마의 대사처럼 '심장이 딱딱해졌으면 좋겠다'고 자주 생각했다. 가치 없는 일에 감정을 쏟고, 나에게 상처 준 사람에 대해 생각하는 데에 내 인생의 한 부분을 사용하는 게 억울했다. 삶이 쌓여 그런 일들에 후회되지 않도록 대처할 수 있게 되었는데도 후유증은 변함없었다. 아무렇지도 않은 척 일상을 살면서도 공포 영화 속 헛것 같은 것을 등에 짊어지고 다니는 기분이었다. 머리로는 다 되는 일이 마음 안에서는 안 되는 모순 자체로도 한층 더 상처 입기 일쑤였다.

이런 내향인에게 '툭 털어버려라. 아무것도 아니다'라는 충고는 공허하게 들릴 수밖에 없다.

감정 상하는 일에 끄떡없어 보이는 사람들 중에는 외향인이 많기는 하다. 그런데 가까이에서 지켜보고는 그들도 똑같이 상처를 받는다는 것을 알게 되었다. 그들이 통 크고 마음 넓어서 사소한 일에 감정을 다치지 않는 게 아니라는 의미다. 다만 그들은 그 감정을 놀라우리만치 빨리 잊는다. 말 그대로 '툭' 털어버리는 거다.

이렇게 말하고 보니 외향인은 마치 총알도 튕겨내는 철인처럼 보이기도 한다. 하지만 그들도 별다를 바 없는 인간이고 감정의 역치가 상대적으로 높을 뿐이다. 그들은 종종 내향인이라면 결코 건드리지 않을 영역에 용감하게 접근해 상처를 자초하기도 한다. 때때로 그 상처는 그들 특유의 내성으로도 감당할 수 없을 만큼 깊은 생채기를 남긴다. 어쩌면 '툭' 털어버리기 어려운 상처의 총량은 외향인이나 내향인이나 비슷할지도 모르겠다.

어느 순간부터 내가 인정하게 된 것은 상처가 낫는 데에는 반드시 시간이 필요하다는 것이다. 툭 털어버리면 된다, 아무것도 아니다, 하고 아무리 자신을 설득해도 마음의 상처는 곧바로 괜찮아지지 않는다. 바늘에 깊게 찔린 손가락이 괜찮다고 생각만 하는 것으로는 바로 낫는 게 아니듯 말이다. 차라리 시간이 필요하다는 걸 받아들여야 마음이 덜 부대낀다.

조급한 마음을 버렸다면 그다음에는 상처의 물리적 요인을 최대한 차단해야 한다. 상처를 준 사람과의 거리를 확보하거나 대화로 해결될 부분이 있으면 대화를 한다. 부러진 바늘이 상처 안에 들어가 곪고 있으면 아무리 약을 발라도 소용없는 것처럼, 마음의 상처를 건드리는 뾰족한 것들을 이전 형태 그대로 남겨두고 회복을 기대해서는 안 된다.

그렇게 내 마음만 돌봐도 되는 상태에서 나를 기다려주다 보면 조금은 괜찮아지는 순간이 온다. 그때부터 스스로를 위로하는 일을 시작하면 된다.

툭 털어버리지 못하는 자신을 미워하는 일은 이제 그만둬도 될 것 같다.

나도 사이다 같은 사람이면 좋겠습니다

종종 무례한 사람에게 무례한 말을 들을 때가 있다. 그럴 때 딱히 대처랄 것 없이 어물어물 넘겼다가 나중에 꼭 후회를 하고 만다. 어릴 때부터 나 자신이 머저리 같다고 느낀 감정 뒤에는 꼭 이런 장면이 있었다.

수렴적 사고를 하는 내향인은 처음 보는 사람에게서 "나이가 엄청 들어 보이시네요" 같은 말을 들으면 반사적으로 자신을 먼저 돌아보며 생각에 빠진다.
내가 요즘 일을 많이 했더니 얼굴이 상했나? 오늘 옷을 나이 들어 보이게 입었나?
그러느라 그 상황이 한참 지나고 나서야 상대가 무례했다는 사실을 깨닫게 되는 것이다.
바로 맞받아치며 "그러세요? 저는 그쪽이 저보다 훨씬 연배가 높으신 줄 알았는데……. 우리는 같은 노안이네요, 호호"라

고 '사이다'처럼 톡 쏘듯 시원하게 말할 수 있었다면 얼마나 좋을까, 하고 뒤늦은 시나리오를 쓰며 답답해한다. 다음에는 그러지 말아야지 하고 다짐하지만 매번 그런 일이 닥치면 같은 과정을 순서대로 밟는다.

그러나 부당한 상황에서 바로 대응하는 건 발산적 사고를 하는 외향인에게나 가능한 일이다. 내향성이 강한 사람은 아무리 대처방법을 미리 배우고 익힌다 해도 막상 비슷한 일이 생기면 또 우물거리며 당하고 넘어가게 된다.

겁이 많거나 소심해서가 아니라 사고의 구조와 흐름이 달라서 일어나는 일이다.

고백하자면, 나 역시 경험과 학습을 수없이 반복했는데도 여전히 이런 일을 겪고 나면 매번 후회를 한다. 조금의 후회도 없이 대처하는 건 아마 죽을 때까지 안 되지 않을까 싶다. 하지만 후회의 종류와 정도는 달라졌다. '그때 이런 말을 해줬어야 하는데……'라는 게 예전의 후회였다면 요즘의 후회는 이렇다.

'좀 더 빨리 도망쳤어야 하는데!!!'

호신술을 배우는 사람들은 칼을 든 사람에게 대처하는 방법에 대해 사범들로부터 비슷한 가르침을 받는다고 한다.

최선을 다해 도망치라고.

그건 비겁한 행동이 아니다. 이길 수 없는 상대를 피하는 건 자신의 생명과 존엄을 지키기 위한 가장 현명한 길이 될 때가 많다.

타인에게 무례한 사람들은 말의 칼을 든 사람들이다. 내가 제압한다고 해도 상처를 입는다. 그런 사람들은, 상호작용에서 충돌이 일어나면 작은 파편만으로도 치명상을 입고 절뚝이기 마련인 내향인이 대면해 후련한 결말을 이끌어낼 수 있는 상대가 아닌 것이다.

무례함에 대한 최선의 복수는 최대한 빨리 그 사람에게서 도망치고 내 인생의 모든 장면에서 그를 조용히 제외하는 것이다.

게다가 그건 가장 세련된 복수법이기도 하다.

사실 어른들의 세계에서 나쁜 구성원에 대한 처벌은 대개 이런 방식으로 이루어진다. 복잡하고 의외성 가득한 세상에서 누군가를 뚜렷한 적으로 만드는 건 현명한 일이 아니다. 그 사람과 어떤 입장으로 다시 만날지 모르는 데다가, 아무리 무능한 사람이라도 타인의 인생을 피곤하게 만들 힘은 있기 때문이다. 그래서 나쁜 태도에 대한 세상의 징벌은 은밀하게 이루어진다.

어쩌면 업계 사정이 좋지 않아서 일거리가 안 들어온다는 푸념 뒤에, 어쩌면 운이 나빠 추진하던 일이 틀어졌다는 한숨 뒤에 세상의 조용한 보복이 있을지도 모르는 일이다.

부조리와 무례함에 대해 시원시원한 대응을 못 할 때마다 스스로 한심하다고 생각했는데, 지금 돌이켜보면 상대에게 한 방 먹이는 데에 소질이 없는 내 성정이 오히려 방패막이가 되어줬던 것 같다.

말로 사이다를 주는 사람들은 간혹 그 때문에 실수도 크게 하는데, 그 실수를 메우기 위해 엄청난 에너지를 투입하는 것을 보게 된다. 이건 수렴형 내향인이 감당할 수 있는 일이 아니다.

며칠 전, 어떤 자리에서 몹시 무례한 사람과 마주치게 되었다. 모욕적인 말과 태도로 사람들을 곤란하게 하면서 자신을 재미있는 사람이라고 착각하는 유형이었다. 여전히 나는 상대에게 문제가 있다는 것을 실시간으로 인식하지 못했으며, 내 기분이 나빠지고 있다는 것만 느꼈다. 그때 이런 경우를 대비해 기계적으로 훈련시킨 내 의식이 삐뽀삐뽀 경보음을 울렸다.

'어서 도망쳐! 어서!!!'

나는 "아, 네. 그러시군요" 하고는 그 자리의 다른 사람을 향해 화제를 돌린 후 최대한 빨리 거기서 벗어났다.

이제 누군가의 말에 부정적인 감정이 든다면 재빨리 그에게서 거리를 두고 나를 보호한 다음 천천히 이유를 찾는 것으로 내 매뉴얼이 작동한다. 그렇게 하면 내가 예민한지, 상대가 무례한지가 명확히 보이고 다음 행동을 결정할 수 있게 된다.

그러고 보면 앞으로도 내 인생의 사이다는 속 시원한 말을 제때 기관총처럼 쏘아대는 방식으로 찾아올 일은 없을 것 같다. 하지만 그게 손해라는 생각은 들지 않는다.

타인에게 무례한 사람들은 말의 칼을 든 사람들이다. 내가 제압한다고 해도 상처를 입는다. 무례함에 대한 최선의 복수는 최대한 빨리 그 사람에게서 도망치고 내 인생의 모든 장면에서 그를 조용히 제외하는 것이다. 게다가 그건 가장 세련된 복수법이기도 하다.

Q

다른 사람에게 하고 싶은 말을 시원하게 못 하고, 생각하는 대로 척척 행동으로 옮기지 못하는 제가 소심하고 지질하게 느껴져요. 내성적인 성격을 극복하면 이런 기분이 사라질까요?

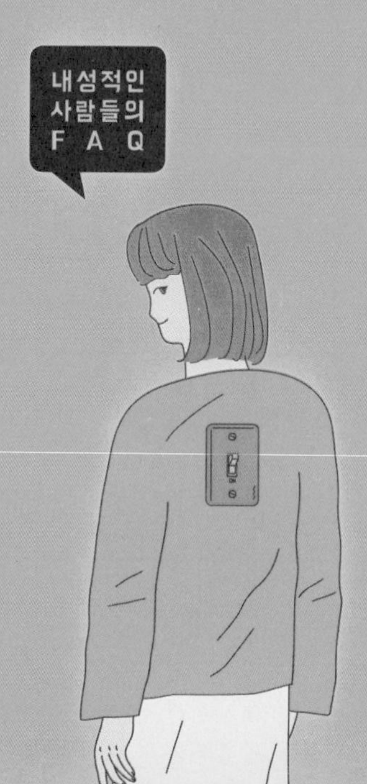

A

소심하고 지질하다는 것은 내향성과 유의어가 아니에요. 외향적인 사람도 사고의 폭이 좁고 실천력이 없으면 마찬가지로 소심하고 지질해져요. 내향적인 사람이 실천에 앞서 생각을 더 깊이 하고 조심성이 많아서 오해를 받을 뿐이지요. 지독히 내성적인 사람들 중에서도 대범한 사람이 태반이랍니다.

본인이 소심하고 지질하게 느껴진다면 내성적인 성격이 문제는 아닐 거예요. 자기가 원하는 일을 조금씩 시도하고 그 결과를 지켜보는 경험을 늘려가면서 자신에 대한 믿음을 키워보세요. 이런 일에는 약간의 용기가 필요한데, 처음이 어렵지 계속해보면 필요할 때 필요한 만큼 용기를 낼 수 있어요.

점점 원하는 것들에 다가서서 얻는 경험을 하노라면 자신이 소심하고 지질하다고 생각한 일도 다 지난 추억거리가 될 거예요.

스스로 결혼에 맞지 않는 사람이라고 생각했다. 나 자신의 삶에 대해 관심이 많았고 혼자 있는 게 좋았다. 연애를 할 때는 좋은 감정일 때조차 한창 열심히 살 나이에 이렇게 '소모적인 활동'을 해야만 할까, 의구심이 들었다. 그랬던 내가 내 주변의 누구보다도 일찍 결혼이라는 걸 하게 되었다. 나는 '사람은 어떤 일도 장담해서는 안 된다'는 명제 이외의 것은 아무것도 장담할 수 없다는 교훈을 얻었다.

어쨌거나 전형적인 내향인으로서 적지 않은 시간 동안 결혼이라는 상태에 있어본 소회를 말하자면, 나쁘지 않다.

한국의 결혼에서 배우자 뒤에 딸려 오는 여러 가지가 적성에 맞을 사람은 어차피 그리 많지 않을 거라고 생각한다. 나는 결혼한 당사자들만 보면 오히려 결혼이 내향인에게 더 낫겠다고 생각할 때가 많다.

내향인이 사람을 대할 때 쉽게 지치고 혼자 있는 걸 좋아하기는 하지만 사람 자체를 싫어하는 건 아니다. 사람을 만날 때 소진되는 에너지가 크다 보니 기회비용과 만나고 싶은 마음 사이에서 갈등할 때가 더 많다는 게 다른 점일 것이다. 바쁘거나 지쳐 있을 때는 당연히 '만나지 않는 쪽'으로 추가 기울어진다. 그러다 보면 어느 순간부터 삶이 피폐해지고 있다는 것을 느끼게 된다. 한겨울에 추위가 싫다고 며칠째 환기를 하지 않으면 알게 모르게 답답해지고 머리가 아파오는 것과 비슷하다고나 할까.

제아무리 혼자서도 잘 지내는 사람일지라도 타인과의 상호작용은 간식이 아니라 주식 같은 것이다. 거기에 데어서 아플 때는 한동안 쳐다보기도 싫지만, 그런 화상마저 결국 관계에 의해서만 아물 수 있는 서글픈 모순을 가진 채 우리는 살아간다.

유난히 혼자인 상황을 자처하기 마련인 내향인에게 배우자는 인간관계에서 최후의 보루가 되어준다.

식당에서 식사하는 커플들을 보면 그들이 연인 관계인지, 부부관계인지 한눈에 알 수 있다. 연인은 끊임없이 서로에게 집중하며 눈을 맞추거나 대화를 한다. 반면 부부는 각자 미리 나온 반찬을 집어 먹거나 스마트폰을 들여다보다가 간혹 필요한 말을 주고받는다.

한때는 변하고 시드는 사랑의 미래를 보는 것만 같아 이런 간극이 서글프기도 했다. 하지만 지금은 굳이 애써 말하지 않아도 아무렇지도 않게 유지될 수 있는 이 관계가 소중하게 느껴진다. 실제로 긴장하며 대화해야 하는 사람들보다 남편하고 뭔가를 먹을 때 가장 맛있기도 하다. 분명 존재감이 있으면서도 사람이 주는 피로감을 거의 느끼지 않게 하는 유일한 사람이다.

부부라는 것은 아주 특수한 관계여서 '친구 같은', '연인 같은', 혹은 '남매 같은'이라는 수식어로도 그 친밀감이 설명되지 않는다. 그와 나는 전혀 닮은 데가 없는데도 나를 하나 더 복제해 옆에 두고 있는 것처럼 이물감이 없다.

도파민 분비에 반응하는 외향인이라면 내가 묘사하는 부부 관계가 무료한 감옥처럼 느껴질 수도 있을 것이다. 하지만 많은 것이 예상 가능한 이 관계가 내 성정에는 꼭 맞는 것으로 여겨진다. 내 경우, 배우자도 나 못지않은 내향인이다.

어른이 되면서 차차 깨달은 점이 친구는 영원하지 않다는 것이었다. 학창 시절에는 내세에도 함께할 거라고 믿어 의심치 않았던 친구들이 서로 다른 길을 가면서 자연스럽게 멀어진다. 친밀감의 농도와 상관없이 인생 주기가 같아진 친구들과 함께했다가, 또 다른 인생 주기를 타고 다른 누군가와 가까워지기도 한다. 이제 삶의 운전대를 쥐게 된 어른들은 이전부터 이어져왔다는 이유만으로 즐겁지 않은 관계를 유지하려 들지 않는다. 언제든 깨지거나 달라질 수 있어 지속적인 관리가 필요한 관계가 친구 사이다.

결혼도 영원한 건 아니지만, 최소한 영원을 전제하고 둘의 관계를 최우선에 둔다는 합의로 맺어진 관계다. 다시 말해 절대로 깨지지 않는 '베스트 프렌드'가 되자고 약속하는 것이다. 친구 관계와는 달리 깨질 경우에 적지 않은 인생 손해를 입게 된다는 제동장치도 있다.

약속이 그런대로 지켜지는 한도 내에서의 결혼은, 내가 아직 싱글이었다면 고립을 피하기 위해 해야 했을 노력들을 엄청나게 줄여줬다. 나는 세수도 하지 않은 얼굴과 수면 바지 차림으로 소파 위에 담요처럼 널려 있어도 함께할 수 있는 남편 덕분에 혼자 있는 시간을 더 누릴 수 있게 되었다.

장담할 수 없다는 말만을 장담할 수 있고, 정답이 없다는 것만이 정답인 게 우리가 사는 세상의 유일한 진리다. 따라서 내향인으로서 결혼한 삶이 더 잘 맞는다는 내 감정 역시 해답은 아니다. 무엇보다 여기에는 '좋은 결혼'이어야 한다는 조건이 붙는다.

다만 나는 혼자 있는 게 더 좋아서 결혼을 두려워하는 내향인들에게 선택지를 하나 더 붙여주고 싶을 뿐이다.

타인과의 상호작용은 간식이 아니라 주식 같은 것이다. 거기에 데어서 아플 때는 한동안 쳐다보기도 싫지만, 그런 화상마저 결국 관계에 의해서만 아물 수 있는 서글픈 모순을 가진 채 우리는 살아간다. 유난히 혼자인 상황을 자처하기 마련인 내향인에게 배우자는 인간관계에서 최후의 보루가 되어준다.

우울감은 이렇게 처리합니다

여러 감정과 감각을 예민하게 느끼는 내향인은 외향인이 무심하게 지나치곤 하는 섬세한 행복감을 누릴 수 있다. 그건 내면 상태에 더 주의를 기울이는 내향인의 특권이라고 생각한다.

그러나 감정의 미세한 추이를 감지한다는 게 긍정적이지만은 않다는 것이 문제다. 게다가 우리 인간은 원래 부정적인 감정에 더 반응하고 오래 기억하게 되어 있다고 한다. 불안, 공포, 걱정 같은 감정들이 아무래도 생존 자체에는 더 유리하기 때문이다. '절벽 끝에 서면 추락할지도 몰라'라고 생각하는 사람과 '절벽 끝으로 좀 간다고 무슨 일이 생기겠어? 사람은 그리 쉽게 죽지 않아'라고 생각하는 사람 중 누가 산에 올랐을 때 무사히 하산할 가능성이 높겠는가.

외향인이 우울증에 걸리지 않는다는 편견은 위험하기 그지없지만, 감정에 예민한 내

향인이 우울감에 사로잡히기 쉽다는 것만큼은 부인하기 어려운 일이다.

나에게도 우울은 친근하고 익숙한 감정이다. 한때는 중증도 우울증을 진단받기도 했다. 지금은 뚜렷한 이유 없이도 나를 관통하는 우울감과 그럭저럭 공존하며 살고 있다.

우울증을 마음의 감기라고 흔히 표현하는데, 알면 알수록 감기와 비슷한 데가 있다. 감기와 우울증 둘 다 누구에게나 흔히 찾아오지만 더 자주 걸리는 체질이 있다. 대개의 경우, 내버려두면 저절로 낫지만 잘 관리해주면 더 곱고 짧게 앓을 수 있다. 무시하고 방치하면 자칫 큰 병으로 옮아갈지도 모른다.

가끔 이유 없는 우울감이 찾아올 때면 이 어두운 놈이 익숙한데도 어떻게 대면해야 할지 매번 난감하다. 처음에는 나도 모르게 자꾸 '왜지?'라는 질문을 스스로에게 하게 된다. 왜라는 질문에 대한 답을 찾아야만 우울감에서 벗어날 수 있을 것 같은 기분이 든다. 그러나 이내 '왜'가 중요하지 않다는 것을 기억해낸다. '왜'에 골몰한다는 것은 우울감에 독이나 다름없는 과잉 사고(over-thinking)와 곧바로 연결되는 일이다.

이 단계를 지나면 어느 순간부터 나는 자신을 영적 피조물이 아니라 동물이라고 생각하기로 한다. 우울이 뇌의 작용과 호르몬의 분비로 일어나는 일이니만큼 몸의 조건을 바꿔주면 그에 맞게 반응할 거라고 믿는 것이다.

사실 우리의 우울감은 추상적인 사고의 흐름만으로 정의하고 조절할 수 없는 것이다. 겨울이 깊어지면 계절성 우울증을 앓는 사람이 많아진다거나 일조량이 부족한 북유럽에 우울증이 만연하는 것을 보면 알 수 있는 일이다. 멀리 볼 것 없이 여성의 몸을 가진 내가 한 달에 한 번씩 호르몬의 변화에 따라 살고 싶지 않은 기분에 휩싸이는 것도 내 감정이 육체의 동물성에 예속되어 있다는 방증이다.

우울감에서 쉽게 빠져나오지 못하는 나를 동물의 한 종으로서의 인간으로 다루기 시작하면 불필요한 자기 연민이나 과잉 사고에서 벗어날 수 있다.

먼저 밤늦게 잠들지 않으려고 애쓴다. 밤이라는 시간에 내 자아는 완전히 다른 인격을 갖고 있는 것 같다. 아무리 애써도 부정과 우울로 치닫는 사고의 방향을 틀 수가 없다. 우울에 지배당하지 않으려면 최대한 밤에 덜 깨어 있어야 한다. 당연히 우울에 사로잡힌 사람은 쉽게 잠들지 못하지만, 잠이 오지 않는다고 해서 스마트폰을 붙들고 밤을 새우는 식으로 방치해서는 안 되는 것이다. 나는 이런 시기에는 밤에 흥분되거나 고도의 집중력이 필요한 일은 하지 않는다. 당장 침대에 가지 않더라도 일찍 씻고서 잠옷으로 갈아입은 채 독서 같은 차분한 활동을 한다.

몸을 움직이려고 최대한 노력하기도 한다. 우선 걷거나 뛰면서 땀을 흘릴 수 있는 운동을 한다. 우울감으로 몸과 마음이 무거울 때 운동을 하면 곧바로 기분이 나아지는 것을 느낄 수 있다. 남는 시간에는 청소나 정리처럼 머리를 비운 채 움직일 수 있는 일들에 몰두한다. 자주 씻고 깨끗하게 단장하는 것도 이런 시기에 더욱 신경 쓰는 일이다.

전문가들이 우울감에 대한 처방으로 항상 말하지만 사람들이 우습게 듣는 조언이 '산책하기'와 '햇빛 쬐기'다. 하지만 이렇게나 기본이면서 대부분 지키지 않는 조언도 없는 것 같다. 밖에 나가서 햇빛을 쪼이면 정말로 나아진다. 우울감을 병증으로 앓는 사람들이 밖으로 나갈 여력조차 없는 것이 문제다. 단순 우울감이라면 밖에 나가는 게 분명 도움이 된다.

어떻게든 몸이 아프거나 불편하지 않도록 돌본다. 우울감은 많은 경우에 잔병치레를 동반한다. 여기저기 아프면 더 우울해지고, 그러면 몸 상태가 더 나빠지는 악순환의 고리를 끊어내기 위해 나는 먼저 육체에 신경을 쓴다. 이럴 때 병원에 가면 근본적인 치료보다는 대증적인 처방을 받기 마련인데, 그래도 의사가 시키는 대로 약을 먹고 좀 더 나은 컨디션이 되도록 한다. 그래야 괜찮은 기분으로 조금씩 움직이며 우울감을 덜어내는 선순환을 만들어낼 수 있다.

우리 감정은 육체의 상태에 따른 기분과 깊은 관계가 있기에 몸을 혹사하고 감정만 구해낸다는 건 있을 수 없는 일이다. 그래서 나는 우울감이 덮치면 몸부터 달래기 시작한다. 몸이 먼저다.

지금보다 훨씬 미숙할 때는 부정적인 감정이 아예 없는 삶이 행복한 삶인 줄 알았다. 그런데 알고 보니 행복은 그보다 훨씬 다양하고 복잡한 것이었다. 행복은 우울이라는 감정마저 삶의 일부로 인정하고, 나대로 살아가면서 얻는 총체적 만족감이라고도 할 수 있는 것이다.

기쁨, 즐거움, 쾌감 같은 감정들과 함께 우울감이라는 녀석도 잊을 만하면 다녀가는 친구쯤으로 여기고 살아갈까 한다. 다음에 다시 나를 찾아오면 이렇게 말해볼까 싶다.

"어서 와. 작은 방 하나를 내줄 테니 거기서 적당히 지내다 돌아가. 있는 동안 온 집안을 헤집고 다니지는 말았으면 좋겠어. 떠날 때 작별 인사는 안 해도 돼."

내밀하고 미지근하고 느린 것들에 대해

이 책을 쓰는 동안 십 년 만에 다이어트에 성공했다.

대단한 비만이었다가 대단히 날씬해진 건 아니고 시간의 중력에 반해 '처음으로' 체중계의 눈금을 되돌린 일이 의미가 되는 사건이었다. 두부 수십 모의 부피에 준한다는 무게를 덜어내고 옷 사이즈 하나를 줄였다.

내 몸은 주인의 예민함을 그대로 닮아 변화에 격렬하게 저항하는 편이었다. 시간의 흐름에 따라 대사율과 활동량이 떨어져 조금씩 자연스럽게 얻은 지방을 좀처럼 내놓으려 하지 않았다. 조금이라도 식사량을 줄이거나 운동을 좀 하면 곧바로 불면과 몸살이라는 징벌이 내려와 감히 자연의 섭리에 역행하지 못하게 혼쭐이 나곤 했다. 늘 육체의 한계에 부딪혀 크게 의지를 시험할 기회가 많지 않은 삶을 살아온 터라 그냥 진화의 방향에 굴복하고 살기로 했다.

그러다 어느 하루, 이제까지와는 다른 삶을 살고 싶어졌다. 그에 따라 영혼의 그릇이라는 육체를 변하게 하고 싶다는 마음이 오랜만에 들기 시작했다. 섣불리 신성한 체지방에 시비를 걸었다가 싸움도 전에 항복부터 한 경험이 부지기수였기에 내 몸도 눈치채지 못할 만큼 조용히 다이어트라는 것을 시작했다.

수도승처럼 규칙적으로 일을 하고 밥을 먹고 운동을 했다. 일상적인 음식의 양을 아주 조금씩 줄였고, 운동은 조금씩 늘렸다. 그렇게 한 달에 1킬로그램씩 줄여나갔고, 에필로그를 쓰는 지금은 몇 달 째 십 년 전의 부피대로 살며 세상의 여백을 덜 차지하고 있다.

세상에는 불꽃처럼 살면서 의지를 불태울 수 있는 사람이 따로 있다는 것을 안 지 오래되지 않았다. 그러니 예전의 내가 다들 알고 있는 열정적 다이어트만이 진짜라고 여기며 깜냥도 안 되는 몸으로 애먼 의지를 시험한 것이기도 했다.

보다 조용한 세상에서 천천히 신중하게 움직여야 하는 내향인은 스스로를 답답하다고 생각하기 쉽다. 활활 타는 장작불처럼 화려하게 불꽃도 보여주고 화끈한 화기로 뺨도 좀 달아오르게 해주면 좋으련만, 온기가 도는지조차 의심스러운 온수 매트처럼 살고 있는 것 같다.

삶의 한 단계를 넘어갈 때마다 로켓 같은 추력으로 사방의 공간을 밀어내며 순식간에 다른 차원으로 이동하고 싶지만, 현실은 노 저어 가야 하는 쪽배다.

그 다이어트 같지 않은 다이어트를 하며 글로써 내향인의 삶을 돌아본 나는 온수 매트나 쪽배의 장점에 대해 더 잘 알게 된 기분이다. 전원을 꺼버리거나 나루에 영영 묶어놓지만 않는다면 나름의 가치만으로도 충분한, 내밀하고 미지근하고 느린 것들에 대해.

이 책이 안으로 가치를 쌓아가며 종종 박탈감을 느끼는 이들에게, 혹은 힘겹게 사회성 버튼을 누르며 환영받는 사회 일원을 연기하는 이들에게 작은 공감과 위로가 되기를 바란다.

2019년 4월

남인숙

내향인이 일굴 수 있는 행복은 좀 더 깊고 내밀하다.
내외향이 우열의 문제가 아니라는 걸 이해하고
자신을 옳게 바라보는 일이 그런 행복을 가능하게 한다.

KI신서 8120

사실, 내성적인 사람입니다

1판 1쇄 발행 2019년 4월 26일
1판 12쇄 발행 2023년 4월 14일

지은이 남인숙
펴낸이 김영곤
펴낸곳 (주)북이십일 21세기북스
출판마케팅영업본부 본부장 민안기
출판영업팀 최명열 김다운
제작팀 이영민 권경민

출판등록 2000년 5월 6일 제406-2003-061호
주소 (우 10881) 경기도 파주시 회동길 201(문발동)
대표전화 031-955-2100 팩스 031-955-2151 이메일 book21@book21.co.kr

ISBN 978-89-509-8077-1 03810